KB114649

어둠의 성자

암수살귀

류진 新무협 판타지 소설

FANTASTIC ORIENTAL HEROES

어둠의 성자 3

류진 新무협 판타지 소설

초판 1쇄 찍은 날 § 2015년 4월 21일
초판 1쇄 펴낸 날 § 2015년 4월 28일

지은이 § 류진
펴낸이 § 서경석

편집부장 § 권태완
편집책임 § 이창진

펴낸곳 § 도서출판 청어람
등록번호 § 제387-1999-000006호
등록일자 § 1999. 5. 31
어람번호 § 제2-2587호

주소 § 경기도 부천시 원미구 부일로 483번길 40 서경B/D 3F (우) 420-822
전화 § 032-656-4452 팩스 § 032-656-4453
http://www.chungeoram.com
E-mail § chungeorambook@daum.net

ⓒ 류진, 2015

ISBN 979-11-04-90208-6 04810
ISBN 979-11-04-90166-9 (세트)

어둠의 성자

3

류진 新무협 판타지 소설

FANTASTIC ORIENTAL HEROES

어둠의 성자

제17장
분열

"흡혈귀의 몸을 빌리려고 하는 것이 마계혈 때문인가요?"

성녀의 물음에 목승탁은 무거운 안색으로 대답했다.

"지금으로써는 흡혈귀의 끈질긴 생명력만이 유일한 방법입니다."

"하지만 성공한다는 보장은 없잖아요?"

"마계혈 앞에서 누군들 성공을 보장할 수 있겠습니까?"

성녀의 얼굴은 걱정스러움으로 물들었다. 그녀의 표정 하나하나가 목승탁의 기분을 좌우하는 건 오백 년이 지나도록 변하지 않았다.

"전 아직 마계혈이 화신님의 목숨을 걸 만큼 위험한지 확신할 수가 없네요. 다른 성자님들 또한 마계혈의 기운이 커지고는 있지만 번천의 역사가 다시 반복되는 일은 없을 거라고 하더군요."

목승탁은 단호하게 고개를 저었다.

"모든 역사가 되풀이된다는 것은 지난 세월이 말해주고 있습니다. 근래 들어 유례없이 폭증하는 마계혈의 크기와 힘에 천주의 감각까지 번천의 역사가 다시 일어날 것임을 예언하고 있습니다. 절대 간과해서는 안 됩니다."

"하나 현실적으로 너무 무모한 방법이잖아요. 마계혈의 힘은 가까이 다가가는 모든 것을 먼지처럼 작게 만들어 버리잖아요. 아무리 흡혈귀의 생명력이 강하다 한들 그런 힘을 견디면서 마계혈까지 다가갈 수 있을까요?"

"그래서 지금 흡혈귀를 강하게 만드는 중입니다. 무공이 병의 초입 단계까지만 간다면 제 술법의 힘을 빌려 가까이 갈 수 있을 것이라 생각합니다."

"하아! 정녕 어려운 일이군요. 제 심정으로는 말리고 싶지만 화신님의 의지가 그토록 강하니 디 이상 말씀드리지 않겠어요. 다만 마계혈로 인해 화신님을 잃는 일이 일어나지 않았으면 하는 바람입니다."

"번천의 화를 막을 수 있다면 제 한 목숨 잃는 것이 무어 그리 대수겠습니까?"

목승탁은 마계혈을 막는 것에 목숨을 걸었다. 흡혈귀의 강인한 육체를 빌려 마계혈의 구멍을 막는 데 성공한다 할지라도 성녀의 걱정처럼 목숨을 잃을 확률이 구 할 이상이다.

그럼에도 그는 이 일을 해야 한다. 그것이 천하를 지키겠다고 맹세한 성자들의 의무다.

비록 목승탁이 인간의 감정을 거의 상실했다고 해도 자신이 한 맹세만은 절대 잊지 않았다.

"언제쯤 실행하실 생각입니까?"

"늦어도 두 달 안에는 회생의 법을 실행해야지요."

"알겠습니다. 그럼 그리 알고 준비를 하도록 하지요."

*   *   *

조설화(趙雪花)는 코를 킁킁거렸다.

"잠깐!"

도무진은 황급히 수혼을 세웠다. 산기슭에 난 작은 길 위에 내려선 조설화는 다시 한 번 냄새를 맡은 후 미간을 찌푸렸다.

"피 냄새가 진동을 하는군. 많은 사람이 죽은 것 같은데?"

도무진도 후각에 집중한 후 혈향을 맡을 수 있었다. 하지만 매일 시체가 쌓이는 중원에서 누군가의 죽음이 그리 큰일은 아니었다.

"서둘러 가야 하잖아."

마음이 급한 건 도무진보다 딸을 봐야 하는 조설화가 더했다. 하지만 그녀는 피 냄새가 나는 북쪽을 지그시 응시하고 있었다. 혀로 입술을 적시는 그녀의 표정은 참을 수 없는 식욕을 느끼는 인호의 모습 그대로였다.

"잠깐이면 돼."

조설화는 도무진의 대답도 기다리지 않은 채 몸을 날렸다. 키보다 훨씬 큰 바위를 넘어 금세 시야에서 사라졌다. 자리에서 그냥 기다릴 수 없었기에 도무진은 조설화의 뒤를 따라갔다.

우거진 숲을 지나자 경사진 곳에 펼쳐진 밭이 보였다. 밭 너머 저쪽에 자리한 십여 채의 집은 화전민 마을임에 틀림없었다.

본능을 자극하는 혈향은 마을에서 풍겨오고 있었다. 조설화는 이미 밭을 넘어서 마을로 접어드는 중이었다.

밭에 심어진 농작물을 짓밟으며 마을로 들어선 도무진은 집과 집 사이, 마당, 우물가에 걸쳐진 이십여 구의 시체를 볼 수 있었다.

처음에는 세해귀를 의심했지만 이내 상처들이 검이나 칼

같은 무기에 당한 것이라는 걸 발견했다. 마을 안쪽으로 조금 더 들어간 도무진은 위를 올려다보고 있는 조설화를 찾아냈다.

그녀의 시선 끝에는 시체 하나가 놓여 있었다. 마을 중앙에 선 커다란 나무의 가지에 손이 묶인 채 매달린 시체였다. 배가 갈려 창자가 땅바닥까지 늘어진 시체의 모습은 절로 눈살을 찌푸리게 만들었다.

하지만 잔인한 풍경 앞에서 흡혈의 욕구 또한 살아났다. 물론 죽은 자의 피를 마실 생각은 없었다. 그건 조설화 또한 마찬가지일 것이다.

"살아 있는 사람이 없군."

말 중간에 입맛까지 다시는 그녀는 아쉬운 표정이었다. 그러나 이내 바닥을 살피더니 눈을 반짝였다. 도무진도 그녀가 발견한 것이 무엇인지 알았다.

마을을 전멸시킨 자들의 흔적이었다. 굳이 지울 생각도 하지 않았기 때문에 어지럽게 흩어진 발자국을 쉽게 찾을 수 있었다. 찍힌 방향과 깊이만 봐도 그들이 범인이라는 건 어렵잖게 짐작이 갔다.

"어쩌려고?"

"이런 짓을 한 놈들을 가만 둘 수 없잖아?"

"협객 흉내를 내겠다는 거야?"

물론 아닐 것이다. 인간으로 향하는 길을 포기한 조설화는 이미 인호의 본능에 충실한 세해귀였다. 그런 그녀가 피 냄새를 맡았으니 욕구를 참는 건 어려운 일이다.

"죽어도 싼 놈들이야. 그런 자들을 위해 만민수호문의 의무를 다할 생각은 아니겠지?"

그럴 생각은 없었다. 그가 만민수호문의 문도로 남을 것인지는 목승탁과 만난 후 결정할 일이지만, 돌아가는 상황으로 볼 때 적이 될 확률이 높다.

그렇다 하더라도 흡혈귀의 본성대로 움직이는 것 또한 마음에 들지 않았다. 만민수호문의 문도만 아닐 뿐 그는 아직까지 인간성을 잃고 싶지 않은 흡혈귀였다.

도무진의 생각이 어떻든 이미 마음을 정한 조설화는 흔적을 쫓아 달리기 시작했다. 잠시 갈등하던 도무진은 결국 그녀의 뒤를 따랐다.

마을을 벗어나 숲 사이에 난 오솔길을 따라 달리던 조설화는 이내 흔적이 이어진 길이 없는 숲으로 들어갔다. 나무와 잡초가 빽빽하게 자리한 산비탈로 흔적은 이어지고 있었다.

그렇게 일각 정도를 올라가자 비로소 원하던 장소를 눈앞에 둘 수 있었다. 끝이 뾰족한 목책이 빙 둘러쳐진 그곳은 산적의 소굴이 분명했다.

도무진은 곁에 있는 나무로 올라가 산채를 살폈다. 산 정상 가까이, 제법 편편한 곳에 자리한 산채 안에는 열 채의 집이 있었고 가득 쌓아놓은 통나무로 계속 집을 짓고 있는 중이었다.

"새끼들아! 빨리 움직여!"

쌀쌀한 날씨에도 윗도리를 벗은 장한이 일하는 사람들을 향해 채찍을 휘둘렀다. 새로 자리를 잡은 산적들은 근처의 화전민 마을을 돌며 약탈과 납치를 하고 살인을 일삼은 것이다.

곳곳에서 낮잠을 자거나 술을 마시는 산적들의 숫자는 대략 스무 명쯤 되어 보였다.

나무 위에 올라 산채를 살피는 그 짧은 시간에 조설화는 이미 담을 넘고 있었다. 단숨에 담을 뛰어넘은 그녀는 거침이 없었다. 어설프게 만든 창을 들고 보초를 서던 자의 뱃속으로 그녀의 손이 쑥 들어갔다.

워낙 창졸간에 벌어진 일이라 사내는 비명도 지르지 못했다. 뱃속을 빠져나온 조설화의 손에는 김이 모락모락 나는 간이 들려 있었다.

간을 입으로 가져가는 조설화의 머리는 순식간에 하얀색으로 변했고 손톱 또한 날카롭게 자라났다. 등을 지고 있어서 보이지 않지만 눈동자도 하얗게 탈색되었을 것이다.

첫 희생자는 입만 쩍 벌렸지만 두 번째 사내에게서는 긴 비명이 토해졌다. 그리고 산채 안은 곧 아수라장이 되었다.

"세… 세해귀다!"

"죽여! 저것 죽여!"

"황 노사 불러와! 황 노사 어디 있나!"

산적들은 물론이고 납치되어 온 자들도 조설화를 피하기 위해 허둥지둥 달아났다. 멀리서 보면 메뚜기들이 이리저리 뛰어다니는 모습과 비슷했다.

간혹 배짱 좋은 자들이 덤비기도 했지만 어김없이 배가 갈라져서 조설화의 먹이가 되었다.

"음령음령(陰靈陰靈) 동여사생(同汝死生), 음양이계(陰陽二界) 결위형제(結爲兄弟)……."

술법은 첫째가 법력이고 그에 버금가게 중요한 것이 속도다. 그래서 법력이 높아질수록 주문은 짧아진다. 그런 의미에서 염소수염을 기른 초로 사내의 법력은 바닥을 기고 있는 게 분명했다. 주문을 채 끝내기도 전에 조설화의 손톱에 목이 잘렸으니 말이다.

도무진은 조설화를 만류하려 했다. 이만하면 응징은 차고 넘쳤다. 그런데 낭자한 피의 한복판으로 뛰어들자 그의 본능이 폭발했다.

흡혈을 한 지 며칠이 되었고 그는 이미 인간의 피 맛을 아는 흡혈귀다. 거기에 때마침 조설화가 던진 인간 한 명이 도무진에게로 날아왔다.

의도와는 상관없이 송곳니가 튀어나왔고, 의지와는 무관하게 송곳니는 사내의 목을 파고들었다.

백은선의 그것과는 사뭇 다른, 왠지 더 신선하게 느껴지는 피 맛이 흡혈귀의 본능을 희열로 폭발시켰다.

이미 한 명을 죽였는데 숫자가 늘어난다고 달라질 건 없었다. 더구나 살아 있는 것 자체가 세상의 해악인 자들이니 그의 인간성을 걱정하지 않아도 된다.

그렇게 합리화를 시킨 도무진은 도망치는 자들을 쫓아 몸을 날렸다. 아무리 큰 호랑이도 황소 한 마리면 배가 부르지만 흡혈귀에게 포만감은 훨씬 큰 대가를 요구한다. 굶주린 흡혈귀라면 더욱 그래서 여덟 명의 목에 이빨을 쑤셔 넣은 후에야 본능의 늪에서 빠져나올 수 있었다.

주변에 살아 있는 인간은 없었다. 인호에서 인간의 모습으로 변해가는 조설화만이 그를 향해 웃음을 짓고 있을 뿐이다.

설사 상대가 악인이라고 해도 살인을 했는데 이상하게 기분이 나쁘지 않았다. 그토록 지키려고 애썼던 인간성이 이 순간만큼은 아무것도 아닌 것처럼 느껴졌다.

어쩌면 인간에 대한 실망이 그를 여기까지 몰고 온 것인지도 모른다. 오희련과 남궁벽에 이어 목승탁까지. 가장 가까웠던 자들의 배신은 인간에 대한 혐오로 변질될 수도 있었다.

웃음을 머금은 조설화가 다가와 도무진의 뺨을 어루만진

다. 아직 마르지 않은 피가 얼굴에 적셔진다. 도무진은 그녀의 손을 핥아 마지막 피 맛을 음미했다.

식욕을 채운 그녀에게서 다른 욕구가 느껴졌고 본능은 언제나 즉각 반응을 했다. 누가 먼저라고 할 것도 없이 두 사람은 서로의 옷을 벗겼다.

피와 시체가 가득한 곳에서의 육욕은 그래서 더 강렬했다.

＊　　　＊　　　＊

쾅!

목승탁의 주먹에 맞은 탁자가 산산조각 나서 사방으로 흩어졌다. 움찔 놀란 남궁벽과 오희련은 주춤 물러났다.

"아무 곳에도 보내지 말라고 했잖느냐!"

감정이 없는 사람인줄 알았던 목승탁의 분노는 그래서 두 사람을 더욱 움츠러들게 만들었다.

"오라버니가 나가겠다고 하는 걸 저희가 어찌 막겠습니까?"

"너희 때문이냐?"

"네?"

"너희가 같이 자서 무진이 그놈이 화가 났느냐 이 말이다!"

남궁벽이 깜짝 놀라 물었다.

"그걸 어찌 아셨……?"

"내가 아는 게 중요한 것이 아니다! 도무진 그놈이 여기 없는 것이 큰일이지!"

도무진의 존재 유무가 무어 그리 중요한지 몰라 답답했다. 당연히 남궁벽의 목소리도 커질 수밖에 없었다.

"무작정 우리만 나무랄 일이 아니잖습니까?"

목승탁이 남궁벽을 향해 발을 내디뎠다. 그의 발에 깔린 나무 파편이 먼지처럼 으스러졌다.

"만약 내 계획이 어긋난다면, 그리고 그 재앙에 너희의 잘못이 눈곱만큼만 있어도 가만두지 않을 것이다."

분명 남궁벽과 오희련의 잘못은 아니었다. 하지만 화풀이할 곳을 찾아 살기를 일으키는 목승탁의 기세는, 오희련의 술법이 아무리 높아지고 남궁벽이 흡혈귀의 힘을 얻었다 할지라도 오금을 저리게 하는 두려움이었다.

두 사람은 등에서 식은땀을 흘리며 목승탁의 다음 행동만 기다렸다. 그런데 목승탁이 갑자기 그들을 두고 집무실을 나갔다. 워낙 빨리 움직여서 순간 그들을 공격하려는 줄 알았다.

두 사람이 놀란 가슴을 쓸어내리며 목승탁을 따라 서둘러 나간 뜰에는 도무진과 한 여인이 있었다. 그리고 곧 그 여인이 인호라는 것을 알아보고 뜨악한 표정을 지었다.

"엄마!"

뒤뜰에서 놀던 여소영이 나타나 인호에게 달려갔다. 팔을 활짝 벌린 인호는 벌써 눈물을 펑펑 쏟으며 오랜만에 만난 딸을 얼싸안았다.

모녀의 극적인 상봉의 순간이었지만 모두의 시선은 도무진에게 고정되어 있었다.

"나가지 말라고 했더니 어딜 다녀온 것이냐?"

"최초의 흡혈귀 외에 내가 가장 만나고 싶었던 자를 만나고 왔지."

목승탁의 질문에 돌아온 도무진의 목소리는 차가웠다. 목승탁은 여소영에게 안부를 묻는 인호를 보더니 물었다.

"공을 만났더냐?"

"그리고 그의 사부면서 귀인문의 문주까지 만났지."

"그들이 왜 널 만난단 말이냐?"

도무진이 냉소를 머금었다.

"그들의 정체보다 왜 날 보자고 했는지 그게 더 궁금하단 말이지?"

"물론 그들이 누군지 궁금하지. 하지만……."

"황선백. 익숙한 이름인가?"

오늘 목승탁은 느끼는 감정을 고스란히 얼굴에 드러냈다. 눈이 커지고 입이 반쯤 벌어진 표정은 믿기지 않는다는 빛이 역력했다.

"지금… 황선백이라고 했느냐?"

"그의 말로는 당신이 자신을 죽이려고 했다던데."

"정말 황선백이라고 하더냐? 아니, 그럴 리가 없다. 그가 살아 있을 리가 만무하지. 만약 살아 있었다면 이백육십 년 동안 나타나지 않았을 리가 없다."

남궁벽으로서는 두 사람의 대화를 일 푼도 알아들을 수가 없었다. 나오는 이름도 낯설었지만 이백육십 년이라는 세월이라니?

불친절한 도무진과 목승탁은 다른 사람의 궁금증을 풀어줄 생각 없이 둘만 아는 대화를 이어갔다.

"자신을 죽이려고 한 집단에 다시 돌아갈 마음이 없던 거지."

"그게 무슨 소리냐? 당시 있었던 일은 내 잘못이긴 했지만 명백한 실수였다. 내가 네게 이런 말을 할 필요가 없지. 그럼 황선백이 귀인문의 문주란 말이냐?"

"그런 것 같더군."

"여기 있는 널 불러서 자신의 정체를 알려주고 다시 돌려보냈단 말이냐? 왜?"

"자신들의 비밀보다 더 중요한 비밀을 내게 알려주기 위함이지."

"귀인문에게 그보다 더 큰 비밀은 없는 것 같은데?"

"당신이 기어코 날 이곳에 붙잡아두는 이유라면 내게는 더 큰 비밀이 되겠지."

목승탁의 표정이 촛농을 뒤집어쓴 것처럼 굳어졌다.

"그들이 뭐라고 하더냐?"

"회생의 법이라고 하던데. 맞나?"

손대면 균열이 갈 것 같은 얼굴을 하고 도무진을 보던 목승탁이 어렵게 입을 열었다.

"황선백이 무슨 말을 했든 그게 다가 아니다."

"당신이 내 몸을 쓰려고 한다는 것 외에 또 뭐가 있는데?"

"대의(大義)다."

도무진이 코웃음을 쳤다.

"당신이 죽지 않고 영원히 사는 게 대의라고? 칠 인의 성자는 살아 있는 것 자체가 대의란 말인가?"

칠 인의 성자라는 이름이 나오는 순간 남궁벽과 오희련은 숨이 턱 막혔다. 누구에게나 그 호칭은 특별하지만 만민수호문 소속이라면 신의 이름을 들은 것과 다름없었다. 평소에는 감히 입에도 남지 못하는 이름이 칠 인의 성자였다.

"무… 무슨 말이야? 칠 인의 성자라니?"

오희련이 띄엄띄엄 어렵게 물었다. 그러자 도무진이 턱으로 목승탁을 가리키며 말했다.

"저 사람이 그 잘난 칠 인의 성자 중 한 명인 화신이다."

남궁벽과 오희련은 자신도 모르게 주춤주춤 물러서 목승탁에게서 멀어졌다.

신은 경외감을 가지게 만들지만 두려움도 함께 품게 하기 때문이다. 하지만 목승탁은 두 사람에게는 아예 신경조차 쓰지 않고 있었다.

여전히 딱딱한 표정이지만 그 안에 미세한 변화가 일어났다. 분노처럼 보이기도 했다.

"네가 우리 어깨에 지워진 짐의 무게를 짐작이나 하느냐?"

"오만한 자들의 생각이 그렇지. 자신은 세상에서 가장 중요한 존재이고 나머지는 그저 잉여인간들일 뿐."

"네가 말한 잉여인간들을 지키기 위해 지난 오백 년 동안 내가 얼마나 노력을 했는지 아느냐?"

"그 오백 년 동안 몇 명이나 당신에게 몸을 강탈당한 채 죽었지?"

"필요한 희생이었을 뿐이다!"

"그게 당신들의 오만이야! 몸만 빼앗긴 채 정신은 죽어버리는 그런 죽음이 얼마나 잔인한지 모른단 말이야!"

"세상을 위해서 그 정도 희생쯤은 감수해야지!"

"그럼 당신이 죽어!"

"감히 이 화신에게 그따위 말을 하다니! 죽고 싶으냐!"

도무진이 목승탁을 향해 성큼 다가갔다. 두 사람의 거리는 고작 일 장도 떨어지지 않았다.

"당신이 날 죽일 수 있을까? 내 몸이 필요할 텐데?"

"네 오만불손함이 그 믿음 때문이라면 죽음보다 더 큰 벌을 내릴 수도 있다."

"어디 한번 내려보시지."

"갈(喝)!"

목승탁의 외침과 함께 손에서 빛 한 줄기가 뿜어졌고 실제로 빛처럼 빨랐다. 그 빛은 순식간에 도무진을 빙글빙글 돌아 휘감았다.

도무진이 검을 잡으려 했지만 그 빛은 밧줄처럼 조여들었다.

"큭!"

팔이 옆구리에 딱 붙은 도무진의 몸이 빛의 밧줄에 의해 점점 쪼그라들었다. 도무진은 밧줄을 끊어내려 안간힘을 써보지만 몸부림칠수록 살을 파고드는 올가미 같았다.

"필요해서 응석을 받아주었더니 분수를 모르고 날뛰는구나! 난 너 따위가 무례를 범할 수 있는 상대가 아니다!"

"피만 마시지 않을 뿐이지 당신도 흡혈귀 같은 존재와 다름없어!"

목승탁이 손을 오므리자 도무진을 묶고 있는 밧줄이 더 단단히 조여졌다. 도무진의 팔은 옆구리를 뚫고 살 안으로 파고들 것처럼 움츠러들었다.

"주둥이가 자꾸 고통을 자초하는구나. 아예 말을 못 하게 만들어주마."

목승탁이 팔을 들었다. 머리 위까지 올라간 팔이 막 내려오려 할 때 무언가 목승탁을 향해 쏘아졌다. 거미줄 같은 그것은 인호의 손끝에서 뻗어 나온 실이었다.

인호가 강한 세해귀이기는 하지만 목승탁에게는 하찮은 존재일 뿐이다. 아무렇지 않게 팔을 횡으로 긋자 줄이 화르륵 타올랐다. 불길은 줄을 타고 인호를 향해 빠르게 뻗어갔다.

화들짝 놀란 인호가 손끝의 줄을 털어내고 물러섰다. 그녀의 공격은 목승탁에게 아무 피해도 입히지 못했지만 도무진이 빠져나올 수 있는 기회를 주었다.

목승탁의 법력이 잠깐 분산된 사이 도무진은 온 힘을 다해 빛의 밧줄을 끊어냈다. 검을 뽑으며 땅을 박찬 도무진은 빨랐다.

그야말로 눈 깜빡할 사이에 목승탁과의 거리를 좁힌 도무진은 검을 휘둘렀다. 조금의 사정도 봐주지 않은 속도와 기세에 남궁벽은 '헙!' 하고 숨을 내뿜었다.

목승탁이 아무리 칠 인의 성자 중 한 명이라지만 불시에 들어온 저토록 빠른 공격에는 당할 수밖에 없을 것이라고 본능이 말해주었다.

하지만 목승탁은 남궁벽의 본능을 비웃을 수 있는 능력이 있었다. 착각처럼 목승탁이 흔들리는 것 같더니 검은 그저 허공을 갈랐다.

그 모습에 당황한 건 남궁벽뿐이었다. 도무진은 예상이라도 했다는 듯 재빨리 왼쪽으로 몸을 틀어서 목승탁을 찾았다. 허공에서 갑자기 나타난 목승탁이 왼손을 떨쳤다. 그러자 불타고 있는 집이 무너지는 것 같은 열기가 훅 밀려왔다.

삼 장이나 떨어진 남궁벽이 그렇게 느낄 정도이니 도무진이 감당하는 열기는 몇 배나 더할 것이다. 더 무서운 것은 그 열기의 정체가 무엇인지 모른다는 점이다.

목승탁은 그저 양팔을 내려뜨리고 있을 뿐인데 주변의 공간을 모두 재로 만들어 버릴 것 같은 열기는 무엇이란 말인가?

도무진도 정확한 정체를 모르는 모양, 검을 몸 앞에 두고 원으로 휘둘렀다. 열기가 무엇이든 검을 통과시키지 않겠다는 의지가 분명했다.

하지만 목승탁은 칠 인의 성자 중 한 명이다. 이 세상에서 신의 존재로 불리는 일곱 명 중 한 사람인 화신. 그래서 그의 술법은 흡혈귀의 의지 따위는 간난하게 부숴 버렸다.

무엇이 도무진을 그리 만들었는지 모른다. 두 눈 부릅뜬 남궁벽과 오희련뿐 아니라 당한 도무진도 몰랐을 것이다.

서걱!

옅은 소리와 함께 도무진이 맹렬하게 만들던 검막이 사라졌다. 자신의 의지가 아니었다. 검을 휘두르던 도무진의 팔이 바닥에 떨어진 것이다.

어깨에서부터 떨어진 팔을 발견한 오희련이 짧은 비명을 질렀다. 인상을 찡그린 도무진이 떨어진 팔에서 검을 주우려 할 때 다시 열기가 덮쳤다.

이번에는 그 정체를 알 수 있었다. 그것은 봄의 아지랑이 같은 기운을 뿜어내는 빛이었다. 희미한 빛에 속도가 너무 빨라 미처 보지 못한 것이다.

빛은 곧장 도무진의 심장을 향해 날아갔다. 흡혈귀의 심장은 나무 말뚝을 박아야만 멈추게 할 수 있었다. 하지만 저 빛이라면 심장을 통째로 태워 도무진을 죽일 수 있을 것 같았다.

"안 돼!"

오희련의 비명 같은 외침이 빛의 화살을 막지는 못했다. 도무진은 스스로 움직여서 빛의 화살이 심장을 태우는 걸 막았다. 하지만 완전히 피하지 못해서 오른쪽 가슴에서부터 겨드랑이까지 커다란 구멍이 뚫렸다.

피 한 방울 보이지 않고 축 처진 살점이 흔들리는 모습은 절로 인상을 찌푸리게 만들었다. 목승탁의 손이 다시 올라갈 때 갑자기 인호가 덮쳤다.

허공에서 나타난 것 같은 그녀는 하얀 머리칼에 긴 손톱을 기른 인호 그대로의 모습이었다.

"감히!"

빛의 화살이 쏘아졌다. 인호가 빠르기는 했지만 화살을 피할 정도로 충분하지는 못했다. 화살이 인호의 미간을 그대로 관통했다. 불이 화르륵 일어나며 인호가 통째로 타올랐다.

재도 없이 사라져 버린 인호는, 그러나 실체가 아니었다. 또 다른 인호 둘이 연이어서 목승탁을 덮쳤다. 무려 여덟 명으로 불어난 인호 중 어떤 것이 실체인지 구분할 수 없었다.

"요망한 것!"

목승탁은 오른손을 좌에서 우로 휘둘렀다. 그러자 연이어 덮쳐 오던 인호들이 불에 타서 사라지고 저 멀리 오 장이나 떨어진 곳에서 인호가 툭 떨어졌다.

짧은 비명을 터뜨린 인호의 머리칼은 듬성듬성 그을렸고 옷도 탄 자국이 여기저기 보였다.

"어떻게 주문도 외우지 않고 술법을 펼칠 수 있는 거지?"

술법사인 오희련에게는 상상조차 할 수 없는 일이었다. 주문의 길이가 짧으면 짧을수록 좋지만 대개의 경우 그만큼 위력이 줄게 된다.

그 간극을 줄이면서 짧은 주문과 법력을 담은 부적을 이용해 강력한 술법을 발휘하는 게 모든 술법사들이 궁극적으로 지향하는 방향이다.

하지만 어찌 되었든 단 한 글자라도 주문을 외워야 한다. 말의 힘을 빌지 않고서는 술법 또한 발현되지 않는 것은 불변의 법칙이나 다름없었다.

그런데 눈앞에서 목승탁이 그 불변의 법칙을 깨고 있었다. 더구나 단 한 번에 인호의 분신술을 깨버리는 위력이라니!

"역시 칠 인의 성자들은 인간의 한계를 벗어난 존재인가? 아니, 인간이기는 한 걸까?"

비단 오희련만이 그런 놀라움을 가진 건 아니었다. 남궁벽에게도 목승탁은 경악 그 자체였다. 도무진과 인호를 아이 손목 비틀 듯 제압해 버리는 목승탁의 강함은 목표로 하기조차 너무 먼 곳에 자리해 있었다.

'도무진의 운명도 이렇게 결정이 나는구나.'

남궁벽이 그렇게 믿는 것은 당연했다. 하지만 모든 일이 언제나 예상대로 흘러가는 건 아니었다.

도무진이 품에서 상자 같은 것을 꺼내 뚜껑을 열었다. 그러자 상자 안에서 뭔가가 튀어나오더니 목승탁을 향해 쏘아졌다.

검은색 바탕에 붉은색으로 뭔가가 그려진 것 같았지만 너무 빨라 제대로 볼 수가 없었다. 물론 목승탁이 피하거나 막지 못할 속도는 아니었다.

목승탁이 날아오는 부적을 향해 손을 뻗었다. 빛의 화살이 검은색 무언가에 부딪쳤다. 퍽! 하는 소리와 함께 목승탁을 향해 날아가던 것이 부서지며 검은 재를 뿌렸다.

그것으로 끝인 줄 알았다. 그런데 흩어진 검은 재가 다시 모이면서 목승탁을 향해 날아갔다. 재는 일 장 남짓한 거리를 날아가며 원래의 검은 무엇으로 형태가 돌아왔다.

그것을 본 목승탁의 얼굴에 처음으로 당황하는 기색이 떠올랐다.

"멸(滅)!"

목승탁은 처음으로 주문을 외우며 손을 뻗었다. 남궁벽과 오희련은 훅 밀려오는 열기에 놀라서 황급히 물러섰다.

목승탁이 펼친 술법은 폭이 일 장 가까이 되는 하얀빛의 방패였다.

팡!

검은 것이 방패에 부딪쳐서 화르륵 불타올랐다. 목승탁은 불태우는 것으로 끝내지 않고 오른손을 뻗어 공을 쥐듯 오므렸다. 그러자 빛의 방패가 불타는 검은 것을 보자기처럼 감쌌다.

그 모습을 보던 남궁벽은 시야 가장자리에 걸린 도무진을 발견했다. 도무진은 검은 상자 안에서 환약 같은 걸 꺼내 입에 넣는 중이었다.

도무진이 가지고 있는 상자에서 첫 번째로 나온 것이 목승탁을 당황시켰으니 지금 먹은 것 또한 범상한 약은 아닐 것이다.

약을 먹은 도무진이 갑자기 무릎을 꿇었다.

"끄으윽!"

가슴을 붙잡고 작게 웅크리는 도무진의 입에서 고통에 찬 신음이 쏟아졌다. 도무진의 인내력을 잘 알기에 저 정도의 몸짓에 비명이면 지금 느끼고 있는 고통의 크기를 짐작할 수 있었다.

'뭘 먹은 걸까?'

의문의 끝에는 놀라움이 기다리고 있었다. 우측 가슴에서 겨드랑이까지 뻥 뚫렸던 상처가 아물기 시작했다. 진흙을 채워 넣는 것처럼 차곡차곡 쌓이는 뼈와 혈관, 살점은 경이롭기까지 했다. 그와 함께 떨어졌던 오른팔도 다시 자라났다.

아무리 흡혈귀라도 정상인 상태에서 저 정도의 회복력을 보이는 건 불가능했다.

'저건 뭐지?'

남궁벽이 느끼는 궁금증을 밟고 도무진이 몸을 일으켰다. 바닥에 떨어진 검을 줍는 그의 눈은 핏물을 머금은 것처럼 붉게 변해 있었고 송곳니는 한 뼘이나 튀어나왔다.

고양이의 그것처럼 세로로 길게 변한 눈동자로 목승탁을 응시한 도무진이 땅을 박찼다.

이 장 높이까지 뛰어올라 목승탁을 향해 떨어지는 도무진의 기세는 사나운 벼락 같았다. 막 검은 것을 가둔 목승탁은 갑작스럽게 덮쳐 오는 도무진을 보더니 왼손을 뻗었다.

여전히 아무 주문도 없이 쏜 빛의 화살은 도무진의 배를 향해 날아갔다. 목승탁의 공격은 같았으나 결과는 처음과 달랐다.

도무진은 거대한 검을 휘둘러 빛의 화살을 쳐 냈다. 화신 목승탁이 펼친 술법이 막힐 수 있다는 걸 남궁벽은 처음 알았다.

비록 완전히 소멸시키지는 못했지만 도무진은 빛의 화살의 방향을 바꿔 어깨 위로 흘려보낼 수 있었다.

뒤늦게 도무진의 변화를 감지한 목승탁이 소리쳤다.

"이놈! 뭘 먹은 것이냐!"

하지만 도무진은 대답을 들려주는 대신 도끼질을 하는 것처럼 목승탁의 머리를 향해 검을 휘둘렀다.

쾅!

목승탁이 있던 자리의 흙이 하늘 높이 튀어 올랐다. 십오 장이나 떨어진 남궁벽과 오희련에게까지 흙이 날아들었다.

자욱하게 날리는 흙먼지 사이로 빛의 화살이 쏘아졌다. 검으로 화살을 쳐 낸 도무진이 뒤로 주욱 물러났다. 그의 왼쪽 어깨는 화살이 지나면서 만든 상처가 뻥 뚫려 있었다.

하지만 채 두 호흡을 하기 전에 상처는 깨끗하게 아물었다. 가라앉기 시작하는 흙먼지 안에서 목승탁이 튀어나왔다.

"황선백이 네게 무엇을 준 것이냐?"

"천통환이라는 것인데 나쁘지 않군."

"이름만 그럴듯한 것이 독약이라는 걸 모른단 말이냐? 살고 싶으면 당장 내 치료를 받아라!"

도무진의 입가에 비웃음이 걸렸다.

"치료를 받고 살아나면 그게 과연 산 것일까? 당신 좋은 일만 시키는 꼴이지."

"이놈! 네 죽음이 그리 가벼워서는 안 된다!"

"그럼 당신 죽음은 어떨까?"

도무진의 말이 끝남과 동시에 목승탁의 등 바로 위에서 검은 것이 생겨났다. 목승탁이 확실히 없애 버렸다고 믿었던 것은, 그러나 소멸되지 않고 치명적인 곳에서 다시 나타나 등을 관통했다.

어떤 공격에도 끄떡없을 것 같던 목승탁의 등이 활처럼 휘어졌다. 얼굴은 일그러졌고 비명을 참느라 꽉 다문 어금니에서는 이 갈리는 소리가 났다.

"천의부라고 하던데 효과가 있는 것 같군."

도무진은 목승탁을 향해 몸을 날렸다. 땅에 닿을 듯 내려뜨린 검 끝에서는 검은색 검강이 쭉 뻗어 나왔다. 검강에 쓸린 땅이 모래처럼 뒤집어졌다.

우웅!

검강이 검명을 울리며 목승탁을 아래에서 위로 쓸어갔다. 고통에 겨워하던 목승탁은 양팔을 아래쪽으로 떨쳤다.

쾅!

굉음과 함께 목승탁이 허공으로 훌훌 떠올랐다. 반대로 발목까지 땅에 파묻혔던 도무진은 별다른 타격을 받지 않은 모습으로 목승탁을 쫓았다.

허공을 가르는 도무진의 검강은 처음보다 훨씬 길어져서 네 자에 이르렀다. 빛을 흡수하는 어둠처럼 보이는 검강은 단지 보는 것만으로도 그 위력을 짐작할 수 있었다.

목승탁은 다시 양손을 아래로 저었다. 열기가 느껴지기는 했지만 처음처럼 강렬하지는 않아서 목승탁의 상태를 짐작할 수 있었다.

다시 한 번 파공음이 늘리더니 목승닥이 디 높이 떠올랐다. 불안정한 자세로 오 장이나 허공을 날아간 목승탁은 가까스로 땅에 내려섰다.

한쪽 무릎을 꿇은 목승탁의 안색은 창호지를 바른 것처럼 창백했다.

"지금이라도 멈춰라. 이건 우리 둘에게도 좋지 못할뿐더러 세상에는 재앙이 될 것이다."

도무진은 혀로 송곳니를 핥았다. 세로로 번뜩이는 눈동자에서는 평소 도무진에게서 볼 수 없는 사악함 같은 게 풍기고 있었다.

"화신의 피 맛은 어떨지 궁금하군."

목승탁이 서서히 몸을 일으켰다. 입가에 일어나는 잔경련이 고통 때문인지 분노 때문인지 알 수 없었다.

"정녕 네가 우리 모두를 후회할 길로 들어서게 하는구나."

"후회는 당신만의 몫이지!"

도무진이 목승탁을 향해 몸을 날리는 순간 목승탁이 기름을 부은 나뭇더미에 불을 붙인 것처럼 타올랐다. 그 열기에 오 장이나 떨어진 건물 창문에 불이 붙었다.

"화련신(火聯神) 멸절(滅絕)!"

그것은 그야말로 폭발이었다. 건물이 부서지고 싱싱하던 나무는 순식간에 하얀 재로 흩어졌다.

"위험해!"

남궁벽이 오희련을 감싸 안자 오희련은 주문을 외우며 부적을 날렸다. 그녀가 빙(氷)의 술법을 펼쳤음에도 등에 불을 지고 있는 것처럼 뜨거웠다.

남궁벽은 황급히 땅을 박차 목승탁에게서 멀어졌다. 건물이 폭발하며 무너지는 소리가 연이어 들렸다. 목승탁의 반경 이십 장 안에 있는 것은 무엇이든 재로 흩어지거나 녹아내렸다.

"오라버니!"

도무진을 부르는 오희련의 외침이 귓가를 쩌렁하게 울렸다. 남궁벽은 등을 지고 있어서 볼 수 없지만 도무진에게 변괴가 생긴 게 분명했다. 그가 아무리 흡혈귀라고 해도 저 열기 속에서 살아남는 건 불가능했다.

도무진을 처음 만난 동굴에서 부딪쳤던 염화견의 열기는 목승탁의 것에 비하면 반딧불 수준이었다.

까르르릉!

남궁벽이 땅에 내려설 때 날카로운 천둥소리가 울렸다. 그곳에서 이 장을 더 멀어진 후에야 남궁벽은 고개를 돌려 목승탁을 봤다. 여전히 횃불을 얼굴 바로 앞에 두고 있는 것처럼 뜨거웠지만 참을 수 있는 정도의 거리였다.

집성전은 이미 무너졌고 그 옆의 화성전(和成殿)도 타오르고 있었다. 용암이 흘러 이글거리는 내지처럼 열기를 뿜어내는 그 한가운데 목승탁이 있었다.

공산의 일그러짐 때문에 검은 그림자로밖에 보이지 않는 목승탁은 허리를 곧게 편 자세였다. 그런데 바위조차 녹이는 열기의 반경 안에 있는 자는 목승탁뿐만이 아니었다.

몸을 앞으로 잔뜩 숙인 채 검을 질질 끌고 가는 자는 분명 도무진이었다. 물론 정상적인 모습은 아니었다. 가죽은 타버렸고 내장도 지글지글 기름을 튀기며 오그라들었다. 뼈는 녹았다가 다시 자라나는 형태를 반복하고 있었다.

딸깍! 딸깍! 발의 뼈와 바닥이 부딪치는 소리는 절로 어금니를 지그시 물게 만들었다. 저처럼 처절한 모습까지 하며 목승탁을 죽이려는 이유가 무엇일까?

그가 먹은 약 때문일까? 물론 그것이 도무진의 감정을 폭발시켰을 수도 있다. 하지만 아무리 강력한 화약이라도 붙일 불이 있어야 폭발이 일어난다.

도무진의 분노에 불은 붙인 것은 아마 배신감일 것이다. 목승탁은 남궁벽이 질투를 느낄 만큼 도무진을 각별하게 대했다. 그런데 그것이 육체를 강탈하기 위한 계략이었으니 도무진이 느끼는 배신감은 클 수밖에 없었다.

물론 남궁벽과 오희련이 준 상처도 저 분노에 한 몫을 하고 있는지도 모른다.

어쨌든 도무진은 불타오르면서도 꾸역꾸역 목승탁을 향해 다가갔다. 도무진은 모르겠지만 목승탁의 삼 장 주변은 하얀색의 불꽃이 일고 있었다. 그것은 곧 그 안이 바깥쪽보다 훨씬 뜨겁다는 의미이고, 십중팔구 도무진의 뼈까지 녹여서 재로 만들어 버릴 것이다.

그걸 모르는 도무진은 불나방처럼 하얀빛을 향해 점점 다가가고 있었다.

"오라버니! 그만둬!"

오희련의 절규는 처절했지만 도무진의 걸음을 막지 못했다.

"멍청아! 이쪽으로 피해!"

인호 또한 감히 열기 가까이 다가가지 못하고 멀리서 소리만 질렀다.

남궁벽도 도무진의 무모함을 말리고 싶었다. 도무진에게 질투를 느끼고 어쩌면 미워했을 지도 모르지만 그가 죽는 건 바라지 않았다.

그러나 지금은 누구의 의지도 도무진의 걸음을 막지 못했다. 도무진이 사는 방법은 그가 물러서거나 목승탁이 열기는 거두는 것뿐인데, 둘 중 누구도 주변인들이 원하는 대로 해줄 것 같지 않았다.

그사이 도무진은 점점 하얀빛에 가까워지고 있었다. 송곳니 위쪽의 뼈가 이글거리는 열기에 녹아내렸고 다시 재생이 되지 않았다.

눈알까지 사라져 버린 도무진은 그저 앞으로 나아가는 뼈다귀에 불과했다. 이제 작은 태양 같은 하얀빛까지는 불과 한

자도 남지 않았다.

"상화금루병옥전(上化金樓並玉殿) 금루옥전청성현(金樓玉殿
淸聖賢), 일루명향통삼계(一縷名香通三界) 통온삼계치부신(通
氳三界值符神)……."

남궁벽은 바로 곁에서 들린 주문 외우는 소리에 놀라 고개
를 돌렸다. 지금 주문을 외울 사람은 오희련뿐인데 그가 놀란
이유는 목소리 때문이었다.

쇠끼리 부딪치는 것처럼 날카로웠고 음성을 세 번쯤 겹쳐
놓은 것처럼 들렸다. 변한 것은 목소리뿐만이 아니었다. 푸른
핏줄이 피부를 뚫고 나올 것처럼 툭툭 불거졌고 살결은 점점
검은색으로 변해갔다.

저것이 요즘 익히고 있는 망니적술법을 쓴 때문인지 오희
련이 몽마의 딸이어서인지는 알 수 없었다.

좋은 모습이 아니었기에 말리고 싶었지만 저 상태의 오희
련에게 함부로 손을 댔다가는 무림인이 주화입마에 걸리는
것 같은 화를 당할 수도 있었다.

"…삼십삼천개궁전(三十三天開宮殿), 조청오방치부신(調請
五方値符神)!"

주문을 마친 오희련이 갑자기 땅을 박찼다. 그녀는 투석기
를 떠난 바위처럼 목승탁을 향해 날아갔다.

"안 돼!"

남궁벽은 오희련을 잡으려고 했지만 손가락은 빈 허공만 움켜쥐었을 뿐이다.

목승탁이 뿜어내는 열기에 닿자 오희련의 주변에 까만 기운 같은 것이 서렸다. 그 모습은 한 무더기의 먹구름이 목승탁을 향해 날아가는 것 같았다.

쿵! 쿵! 쿵!

오희련이 목승탁에게 다가갈수록 둔탁한 소리가 울리며 그녀가 움찔움찔 허공에서 정지했다. 하지만 금방이라도 막혀서 떨어질 것 같은 그녀는 끈질기게 목승탁에게 가까워졌다.

그녀가 가까워질수록 남궁벽의 가슴도 새까맣게 타들어갔다. 오희련의 능력이 어느 정도인지 가늠할 수 없지만 목승탁의 저 열기를 견딜 수 있을 것 같지 않았다.

도무진은 이제 하얀빛 안으로 발을 들여놓았다. 뼈밖에 없는 발이 하얀빛에 닿자 촛농처럼 녹아서 먼지로 흩어졌다. 그리고 다시는 재생되지 않았다.

그래서 중심을 잃은 도무진은 앞으로 기우뚱 흔들릴 수밖에 없었다. 저렇게 넘어지면 머리부터 그대로 하얀빛 안으로 빨려들게 된다.

아무리 불사의 흡혈귀라고 하지만 전신이 녹아 먼지로 부서지면 결코 살아날 수 없었다.

쿵!

그때 굉음과 함께 지축이 흔들렸다. 남궁벽조차 넘어질 뻔할 정도로 큰 흔들림이었다.

남궁벽은 오희련에게로 시선을 모았다. 하지만 그녀는 보이지 않고 먹구름 같은 까만 기운만이 목승탁을 감싸고 있는 빛을 덮어가고 있었다.

앞으로 넘어지던 도무진의 이마가 까만 기운에 닿더니 벽에 기댄 것처럼 멈췄다. 그리고 열기가 서서히 옅어졌다. 남궁벽은 지름이 삼 장이나 되는 커다란 검은 공처럼 보이는 곳으로 달려갔다.

구체에 이마를 기댄 도무진의 몸은 빠르게 제 모습을 찾아가는 중이었다.

"희련아!"

남궁벽이 부르는 이름의 주인공은 어디에도 없었고 대답도 들리지 않았다. 그녀는 저 먹구름 같은 것으로 변해 버린 것 같았다.

주변은 아직도 이글거리는 열기가 남아 있었지만 다가가지 못할 정도는 아니었다. 검은 구체에 손을 대자 여전히 팔팔 끓는 물을 만지는 것 같은 열기가 전해졌다.

남궁벽은 검은 구체를 두드리며 연신 오희련의 이름을 불렀다. 그녀의 대답이라도 돌아오기를 바랐건만, 뜨거움에 벌겋

게 달아오는 주먹이 구체를 치는 둔탁한 소리만이 돌아왔다.

스르릉!

쇠가 땅을 끄집는 소리가 옅게 들렸다. 놀랍도록 빠르게 제 모습을 찾은 도무진이 바닥에 떨어진 검을 들어 올리고 있었다. 옷은 모두 타버려 벌거벗은 도무진은 구체를 공격하기 위해 검을 높이 들었다.

"멈춰!"

남궁벽은 몸을 날려서 막 검을 내려치려는 도무진의 허리를 잡고 뒹굴었다.

"비켜!"

그의 가슴팍을 밀어내는 도무진의 얼굴을 주먹으로 후려쳤다. 그러자 도무진이 무릎으로 남궁벽의 옆구리를 걷어찼다. 고통 때문에 남궁벽의 몸이 움츠러들자 도무진은 손으로 그의 목을 감싸 옆으로 밀어버렸다.

그가 떨어져 나가기 무섭게 도무진은 검을 잡기 위해 팔을 뻗었다. 그런 도무진을 향해 다시 남궁벽이 몸을 날렸다.

"멍청아! 그만하란 말이다!"

두 사람이 또 덮엉켜 쓰러졌다. 엎치락뒤치락하면서 서로에게 주먹을 날리고 발길질을 하면서 연신 땅을 뒹굴었다.

"멈추라고! 네가 공격하면… 희련이가 위험할지도 몰라!"

"자초한 위험이니 내가 상관할 바가 아니지!"

"빌어먹을 자식!"

"잡종 흡혈귀 따위가!"

도무진이 남궁벽의 가슴팍에 발바닥을 대고 힘차게 밀었다. 붕 떠오른 남궁벽은 이 장이나 날아가서 땅바닥을 뒹굴었다. 그사이 도무진은 땅에 떨어진 검을 잡더니 구체를 향해 휘둘렀다.

이성적인 생각은 이미 사라지고 오직 야수의 흉포한 본능만 남은 모습이었다.

쩡!

제18장
어둠의 성자

　크게 원을 그린 검이 구체를 때리자 만 근 쇳덩이끼리 부딪치는 것 같은 소리가 울렸다. 검을 맞은 자리가 가뭄의 논바닥처럼 갈라지면서 하얀빛이 쏟아졌다.

　빛을 뒤집어쓴 도무진은 뒤로 튕겨 나갔다. 허공에 뜬 도무진의 신형이 화르륵 타올랐다. 균열이 간 구체는 껍질이 깨지는 것처럼 연이어 금이 가더니 이윽고 검은색의 자잘한 파편이 되어 사방으로 흩어졌다.

　남궁벽은 열기가 덮칠 것을 예상하고 도망칠 수 있도록 몸을 움츠렸는데 하얀빛이 소멸되면서 열기 또한 자취를 감췄다.

오희련을 찾아 두리번거리던 남궁벽은 갑자기 허공에서 뚝 떨어진 그녀를 발견하고 서둘러 달려갔다. 옷이 다 타버려 벌거벗은 오희련은 죽은 것처럼 축 늘어져 있었다.

"희련아!"

녹아서 무너져 내린 건물의 잔해 앞에서 오희련을 껴안은 남궁벽은 가슴에 귀를 댔다. 희미하지만 심장 뛰는 소리가 전해졌다.

남궁벽이 그녀를 안아들 때 목승탁의 성난 외침이 들렸다.

"게 서거라!"

여전히 팔팔한 목승탁이 소리를 친 방향에는 도무진을 안은 인호가 있었다. 그녀는 도무진을 옆구리에 끼고 출입문을 향해 달려가는 중이었다.

목승탁의 손에서 예의 그 빛의 화살이 쏘아졌다. 등을 보이고 있었지만 인호는 본능적으로 몸을 틀었다. 그러나 완전히 피하지는 못해서 옆구리의 살점이 뭉떵 잘렸다.

비명을 지르며 무릎을 꿇는 그녀를 향해 검은 물체가 달려왔다. 여소영을 태운 수혼이었다. 수혼은 입으로 인호를 물고 대문을 향해 땅을 박찼다.

목승탁의 손에서 다시 빛의 화살이 날아갔다. 정확히 수혼을 맞출 것 같던 화살은 그러나 허공에서 한 번을 더 도약해 높이 뛴 수혼의 발밑을 스치고 지나갔다.

쾅!

대문을 부순 수혼이 결계를 뚫고 사라졌다. 목승탁은 그 자리에 서서 수혼이 사라진 공간만 분노 어린 시선으로 응시했다.

외투를 벗어 오희련을 감싸 안은 남궁벽은 행여 불똥이 자신들에게 튈까 걱정을 하며 언제든 피할 준비를 하고 있었다.

하지만 목승탁은 한참 동안 한 곳만 바라보다 몸을 돌려 그나마 멀쩡한 건물로 들어갔다.

안도의 한숨을 쉰 남궁벽은 오희련을 바닥에 내려놓았다. 그녀의 속눈썹이 파르르 떨리더니 힘겹게 눈을 떴다.

"어떻게… 됐어?"

"도무진과 인호 부녀는 수혼과 함께 도망쳤다."

"지부장님은?"

남궁벽은 턱으로 목승탁이 들어간 건물을 가리켰다.

"저기로 갔는데 어떻게 해야 할지 모르겠다."

오희련은 감히 칠 인의 성자 중 한 명에게 싸움을 걸었다. 지금이야 목승탁이 아무 행동도 취하지 않았지만 언제 마음이 변해 오희련을 응징하려 할지 모른다.

"도망쳐야 할까?"

남궁벽의 물음에 오희련이 몸을 일으키며 희미한 웃음을 지었다.

"괜찮을 거야."

"네가 그걸 어떻게 알아?"

"그냥 알아. 그보다 오라버니는 괜찮아 보였어?"

새삼 질투가 나서 남궁벽은 버럭 소리를 질렀다.

"대체 무슨 생각으로 화신과 싸우는 무모한 짓을 한 거야!"

오희련은 아무렇지 않은 표정으로 대답했다.

"미안하니까. 그게 당연하잖아."

"아무리 미안해도 그렇지! 넌……! 관두자."

외투의 옷깃을 여며 몸을 가린 오희련이 멀쩡한 건물로 향했다.

"뭐하려고?"

"지부장님과 얘기해 봐야지."

"지금은 때가 좋지 않으니 그 양반 화 좀 가라앉은 다음에 만나지 그러냐?"

"미룰 일이 아니야. 넌 여기 있어."

"아니, 나도 같이……."

"지부장님과 단둘이 해야 할 얘기야."

남궁벽은 건물 안으로 들어가는 오희련을 물끄러미 보고 있을 수밖에 없었다. 심란한 마음으로 돌아서는데 네 개의 그림자가 발치에 드리워졌다.

수련생들이다. 머리는 그을려서 짧아졌고 의복 곳곳에도

탄 흔적이 보이는 낭패한 모습이었다. 문득 녀석들이 불쌍하다는 생각이 들었다.

"무슨 일이 일어난 거죠?"

모용한영의 물음에 남궁벽은 한숨처럼 대답했다.

"너희들이 떠날 때가 온 거지."

"내 생각을 읽은 것이냐?"

"그보다 몸은 어떠세요?"

"화신의 몸 상태를 걱정하다니……."

"칠 인의 성자도 결국 사람이니까요."

깊게 가라앉은 눈으로 오희련을 응시하던 목승탁이 '난 괜찮다'라고 퉁명스럽게 내뱉었다. 하지만 목승탁의 몸이 정상이 아니라는 걸 오희련은 알고 있었다. 도무진이 날린 부적은 목승탁의 몸에 박힌 수백 개의 비수와 같았다.

만약 목승탁이 가진 능력을 제대로 발휘했다면 도무진은 물론 오희련도 살아남지 못했을 것이다.

"정말 이 땅에 번천의 역사가 되풀이되는 건가요?"

그녀는 처음 했던 질문을 다시 던졌다. 어떻게 된 건지 모르지만 그녀가 망니적술법상의 술법을 펼쳐 목승탁을 감쌌을 때 그의 생각까지 읽을 수가 있었다.

"지부장님의 가장 강렬한 상념이 바로 그것이었어요. 솔직히 대답해 주세요."

거듭된 채근에 목승탁은 결국 고개를 끄덕였다.

"아마 그렇게 될 것이다."

"언제요?"

"정확한 날짜는 모르지만 일 년은 넘기지 않을 것이다."

"번천의 역사가 되풀이되면 세상은 어떻게 되는 거죠?"

"그걸 누가 제대로 알 수 있겠느냐? 다만 예상하기로는 세해귀는 더욱 강력해지고 어쩌면 새로운 세해귀까지 출현할지도 모르지."

"세해귀가 강력해진다면 인간 또한 그만큼 강력해지지 않을까요?"

"선택받은 인간들 말이냐?"

"네. 칠 인의 성자들처럼요."

목승탁의 입가에 쓴웃음이 걸렸다.

"지금보다 더 강력해지는 칠 인의 성자들이라. 과연 그게 좋은 것일까?"

"강해지는 게 싫으세요?"

"우리는 지금도 인간의 한계를 벗어났다. 시간의 힘까지 거역할 수 있을 정도로. 우리처럼 강해지고 오랜 세월을 살다 보면 인간의 굴레까지 벗어버리게 되지. 어느 순간 인간이라는 껍질은 깨져 버린다."

"인간이 아니면 뭐란 말이에요?"

"글쎄. 우린 뭘까?"

독백처럼 중얼거린 목승탁이 말했다.

"이러고 있을 때가 아니다. 어서 무진이 그 녀석을 찾아야 한다. 번천의 역사를 막기 위해서는 녀석이 꼭 필요하니까."

"그렇게 필요한 사람을 죽이려고 한 건가요?"

"거역을 용납하지 못하는 오만함 때문이지."

"오만함은 인간의 본성이니 지부장님도 결국 인간이네요."

"그런가?"

오희련은 엷은 웃음을 짓는 목승탁에게 말했다.

"일단 몸부터 추스르세요. 수혼을 타고 갔으니 당장 쫓는 건 무리예요. 귀기탐응을 믿고 기다려야죠."

"걱정스러운 건 도무진뿐만이 아니다. 귀인문의 수장이 황선백이라면 대단한 방해꾼이 될 것이다."

"그분과 무슨 사연이 있는 거예요?"

"오해지. 켜켜이 쌓인 세월이 풀 수 없는 오해의 담을 쌓아 버린 거야. 도무진이 황선백의 품으로 들어가는 일은 없어야 하는데."

*　　　*　　　*

다리를 바르르 떨던 노루는 삶을 포기하고 축 늘어졌다. 칠십 근이나 나가는 노루의 피를 한 방울도 남기지 않고 마셨는데 갈증은 가시지 않았다.

도무진은 본능적으로 알고 있었다. 지금 아무리 짐승의 피를 마셔도 식도가 갈라지고 내장이 먼지로 부서질 것 같은 고통은 사라지지 않을 것임을.

나무에 등을 기댄 도무진은 힘겨운 숨을 뿜어냈다. 갑작스럽게 나빠진 몸은 좀처럼 나아질 기미를 보이지 않았다.

"괜찮아?"

조설화가 도무진의 등을 쓸어내리며 걱정스레 물었다. 도무진은 억지로 고개를 끄덕이지만 그의 안색만 봐도 몸이 말이 아니라는 걸 알 수 있었다.

"인간의 피가 필요한 거지?"

"그래."

바로 대답을 한 것은 조설화가 구해다 주기를 바라는 마음인지도 모른다. 왠지 지금은 인간을 흡혈하는 것에 거부감이 없었다. 고통이 너무 커서가 아니었다.

그가 그토록 지키려 했던 인간성이 이 순간만큼은 손톱 밑의 때만큼이나 중요하지 않게 생각되었다.

"조금만 기다려."

깊은 산속이지만 조설화라면 어떻게든 인간을 잡아 올 것이다.

"여기 꼼짝 말고 있어."

조설화가 여소영에게 당부를 하고 막 자리를 뜨려고 할 때였다. 말발굽 소리가 들리더니 수혼이 나타났다. 그들을 여기 내려주고 어딘가로 사라졌었는데 이제야 돌아온 것이다.

그런데 수혼의 등에는 사람 한 명이 얹혀 있었다. 수혼이 몸을 좌측으로 기울이자 정신을 잃은 사람이 스르르 땅으로 떨어졌다.

산발한 머리에 동물 가죽으로 만든 옷, 허리에 찬 커다란 칼은 산적의 모습 그대로였다. 수혼은 콧등으로 쓰러진 산적을 굴려 도무진 발 앞에 놓음으로써 자신의 의도를 명확히 밝혔다. 본능적으로 주인이 무엇을 필요로 하는지 안 것이다.

산적의 목에 도드라진 정맥이 보였다. 그 심장의 박동과 혈관을 타고 흐르는 피의 흐름까지 느낄 수 있었다.

도무진은 망설이지 않았다. 허리를 숙여 산적의 목에 이빨을 박아 넣는 동작은 자연스럽게 이뤄졌다. 꿀꺽! 꿀꺽! 크게 일렁이는 목젖을 따라 환희가 전신으로 퍼져 나갔다.

인간의 피는 도무진의 몸을 빠르게 정상으로 돌려놓았다. 아니, 오히려 목승탁과 싸우기 전보다 훨씬 강해진 걸 느낄 수 있었다. 전신 백칠십팔 개의 혈도뿐 아니라 땀구멍까지 모두 열려서 자연선기공의 궁극의 경지까지 단숨에 도달한 것 같았다.

도무진이 이빨을 떼었을 때 산적은 죽은 지 세 달쯤 된 것처럼 비쩍 말라 있었다. 피와 함께 몸의 수분까지 모두 사라진 모습이었다.

도무진은 지금 자신의 강함이 진짜인지 그저 느낌인지 알고 싶었다. 그래서 검을 빼 허공으로 뛰어올랐다. 대연만수공상의 초식이 쏟아지자 초목이 갈라지고 바위가 부서져 나갔다.

넘쳐 나는 힘을 주체하기가 힘든 도무진의 신형은 갈수록 빨라져서 눈으로 쫓기조차 힘들었다.

다섯 자나 뻗어 나온 검강에 걸리는 것은 물론 세 자나 더 떨어진 곳에까지 검력이 미쳐 주변은 완전히 초토화가 되었다. 한바탕 검무를 춘 도무진은 움직임을 멈추고 흡족한 웃음을 머금었다.

자연선기공은 도무진의 예상보다 훨씬 강했다. 더구나 아직 궁극에 도달하지는 못해서 더 강해질 여지까지 남아 있었다.

자연선기공과 대연만수공이 완벽해지면 목승탁을 상대로도 지지 않을 자신이 있었다.

하지만 그 자신감은 흡혈을 한 지 정확히 일각 만에 사라졌다. 뭔가 가슴을 쿵! 치는 것 같은 느낌이 들더니 모든 힘이 발바닥을 통해 빠져나가 버렸다.

힘이 갑자기 사라져 도무진은 자리에 털썩 주저앉았다.

"왜 그래?"

놀란 조설화가 달려와서 도무진을 부축했다.

"몰라. 갑자기 힘이 없어졌어."

"고통스럽고?"

"그건 아니야. 그저 힘이 없을 뿐이야. 평범한 사람처럼."

말 그대로였다. 마치 흡혈귀가 되기 전 인간이었던 도무진으로 돌아간 것 같았다.

"흡혈의 욕구는?"

"아직은 괜찮아."

"당신이 먹었던 약 때문일까?"

"아마 그렇겠지."

지금 상태라면 개 한 마리 상대하기 힘들 것이다.

'흡혈을 하면 좋아질까?'

해보기 전에는 알 수 없는 노릇이다. 만약 몸이 이 상태에서 나아지지 않는다면 그는 굶어죽든 조설화나 수혼에 의지해 살아가야 한다.

역사상 가장 무기력한 흡혈귀가 될지도 모른다. 그런 일이 일어나서는 안 된다. 무력함이 끔찍함으로 다가오기는 처음이었다.

　최초의 흡혈귀에게 복수를 할 수 있는 힘을 원하기는 했지만 힘 그 자체를 갈망한 적은 없었다.

　하지만 지금은 모든 것을 부술 수 있는 그 힘이 그리웠다. 그 힘을 찾을 수 있다면 무엇이든 할 수 있을 것 같았다.

　"이젠 어떻게 할 거야?"

　"피를 얻을 수 있는 인간을 찾아야지."

*　　　*　　　*

　"안 잘 거니?"

　손해문(孫海文)의 물음에 손수민은 책에서 눈을 떼지 않고 대답했다.

　"할아버지 먼저 주무세요."

　"뭘 찾는지 모르지만 몸 상하지 않게 해야지. 그리 잠을 자지 않아서야. 쯧쯧쯧……."

　손수민의 고집을 알기에 손해문은 혀를 차며 서고를 나갔다. 손해문의 말을 귓등으로 흘린 손수민은 책상에 펼쳐 놓은 책에 정신이 팔려 있었다.

　흡혈귀의 기원이라는 책은 서고에 있는 삼만여 권의 책 속에서 겨우 찾아낸 자료였다.

원래 세해귀에 관심이 많았던 손해문은 중원 각지에서 세해귀에 관한 책을 모아왔다. 그러다 염화견에게 아들 내외가 죽은 후 책 수집은 집착이 되어버렸다.

이 서고는 손해문 평생의 노력과 재산을 쏟아부은 결과였다. 그런 환경에서 자란 손수민이 개발사가 된 것은 어쩌면 자연스런 수순이었는지 모른다.

흡혈귀의 기원에서 가장 흥미로운 부분은 최초의 흡혈귀가 되는 인간에 대해서였다.

─최초의 흡혈귀는 그 시대 가장 의로운 사람이 되었을 것이다. 번천의 역사는 얼핏 혼돈의 시작 같지만 자연의 거역할 수 없는 질서가 잡혀 있다. 세해귀만 생겨났다면 인간들은 멸망의 길로 들어설 수 있었으나 빛은 성자들도 함께 세상에 내놓았다. 인간에게는 그렇게 살아남고 싸울 수 있는 힘이 주어졌다.

그러나 흡혈귀라는 존재는 절대적으로 특별하다. 흡혈귀는 마음만 먹으면 언제든 인간을 흡혈귀로 만들 수 있다. 상상을 해보라. 보이는 인간들 모두를 흡혈귀로 만들어 야망의 도구로 사용하는 최초의 흡혈귀를.

세상은 최초의 흡혈귀 한 명으로 인해 멸망할 수도 있었다. 하지만 최초의 흡혈귀는 그 길을 택하지 않았다. 그가 흡혈귀를 만들기는 했으나 그것은 아마 어쩔 수 없는 본능이었을 것이다.

그리고 결국 최초의 흡혈귀는 그 본능을 이겨냈다. 흡혈귀 천하가 되지 않은 것이 그 증거다. 본능은 모든 살아 있는 것들이 가장 이기기 힘든 욕구이다.

그 욕구를 이겨낸 인간이라면 응당 그 시대 가장 의로운 자여야만 가능했을 것이다. 누가 최초의 흡혈귀로 변했는지는 모른다. 만약 이 책을 읽는 자 중 최초의 흡혈귀가 누구인지 밝혀낸다면 책의 말미에 그 사람의 정체를 밝혀주기 바란다.

책을 계속 읽어가던 손수민은 '오직 최초의 흡혈귀만이 태양에 대항할 수 있다' 라는 구절을 발견했다. 이 구절은 이 책뿐만이 아니라 흡혈귀에 대해 구술된 다른 다섯 권의 책에서도 똑같이 나온 부분이었다.

손수민은 태양에 구애받지 않는 흡혈귀가 또 한 명 있다는 것을 책에 써놓고 싶은 충동을 참았다. 그녀가 다른 이에게 사실을 알려주는 것보다 먼저 자신이 더욱 자세히 알아야 한다.

최초의 흡혈귀가 어떻게 자신의 능력을 도무진에게 넘겨줬는지 알아낸다면 도무진이 더욱 강하게 변할 수 있는 방법 또한 발견할지도 모른다.

재미있는 점은 도무진에게 능력을 전해준 최초의 흡혈귀는 그 후로 감쪽같이 사라졌다는 것이다. 이십 년 내 누구도 최초의 흡혈귀를 목격한 사람이 없었다.

책의 마지막까지 새로운 사실은 나오지 않았다. 실망스럽기는 했지만 아직 찾을 책은 많았다. 그녀는 백스물여섯 개의 책장 중 마흔두 번째 책장에 읽던 책을 꽂고 서고를 나섰다.

밤이 깊었지만 아직 잠들 시간은 아니었다. 정확히는 자고 싶지 않았다. 선우연까지 악몽에 추가되어서 거의 매일 그녀를 비명과 함께 깨게 만들었다.

손수민의 발길은 작업실로 향했다. 책을 읽는 틈틈이 도무진을 위한 심호갑(心護甲)을 만드는 중이었다. 어떤 무기나 술법에도 도무진의 심장을 보호해 줄 수 있는 장비였다.

작업실의 두꺼운 나무문을 열던 손수민은 문득 '최초의 흡혈귀를 찾아볼까?' 하는 생각을 했다. 도무진이 가장 원하는 게 바로 그것이기 때문이다.

*   *   *

도무진은 다시 공을 찾아가려고 했다. 그는 보통 인간처럼 철저하게 무력했고 인간의 피를 마셔야 강함을 유지할 수 있었다. 그것도 고작 일각이어서 그 시간이 지나면 다시 나약한 도무진으로 돌아가 버렸다.

강함을 유지하자고 일각마다 인간을 잡아먹을 수는 없었

다. 지금 이 일을 해결할 수 있는 가장 큰 가능성은 공과 황선백이었다.

하지만 조설화가 그런 도무진을 말렸다. 공과 황선백이 노린 것은 도무진과 목승탁 두 사람의 죽음이었을 테고, 그렇다면 그들이 도무진을 원래의 몸으로 돌려주지 않을 것이라는 그녀의 예상은 타당했다.

그래서 선택한 차선책이 노리(老狸)라는 세해귀를 찾아가는 것이었다.

인간에게 가장 믿을 만한 존재인 칠 인의 성자가 있듯 세해귀 사이에도 급하면 찾아갈 수 있는 곳이 있었다. 그중 하나가 올해 삼백 살이나 된 너구리인간 노리였다.

노리는 세해귀 사이에서는 모르는 것이 없는, 세상에서 가장 지혜로운 존재로 통한다. 물론 그 말을 모두 믿지는 않았지만, 일말의 기대는 걸 수 있었다. 현재로써는 공과 황선백을 찾아가는 것보다 오히려 노리에게 기대를 거는 게 현명한 선택일 것 같았다.

그래서 그들은 사천성을 향해 걸음을 옮기고 있었다.

신의 오솔길을 느릿느릿 가고 있는데 도무진의 앞에 탄 여소영이 고개를 돌렸다.

"오라버니."

"응?"

"저기… 사람 먹지 않으면 안 돼요?"

여소영이 어렵사리 말을 꺼냈다. 지난 나흘 동안 도무진은
두 명의 피를 빨았다. 그 모습이 여소영에게는 충격이었던 듯
내내 표정이 어두웠었다.

"오라버니가 살기 위해서는 어쩔 수 없단다."

도무진의 뒤에 탄 조설화가 친절하게 설명했지만 여소영
의 어두운 표정은 펴지지 않았다. 여소영이 원하지 않는다고
흡혈을 중단할 수는 없었다. 피에 대한 욕구뿐만 아니라 인간
의 피를 마셔야만 도무진은 힘을 찾을 수 있었다.

여전히 일각밖에 시간이 가지 않았지만 그 시간도 도무진
에게는 소중했다. 강함은 이제 도무진에게 중독이 되어버렸
다.

흡혈하는 걸 여소영이 못 보게 해야겠다는 생각을 하는데
머리 위에서 귀기탐응의 긴 울음소리가 들렸다. 가끔 나타나
서 머리 위를 빙빙 돌기는 했지만 소리를 지르는 건 오랜만이
었다.

도무진은 고개를 들어 귀기탐응을 확인했다. 그런데 갑자
기 도무진의 귀기탐응을 향해 또 다른 귀기탐응이 달려들었
다. 사납게 날아온 귀기탐응이 도무진의 것을 덮쳤다.

귀기탐응은 세해귀의 존재만 쫓을 뿐 서로를 공격하는 경
우는 없었다. 공격을 받은 도무진의 귀기탐응은 싸움에 자신

이 없는 듯 도무진을 향해 도망쳤다.

새로 나타난 귀기탐응이 쫓아오다가 이내 하늘 저편으로 날아갔다.

"아무래도 근처에 손님이 있는 것 같군."

귀기탐응이 도무진의 어깨에 내려앉더니 복수를 해주라는 듯 부리로 머리를 콕콕 쪼았다. 녀석의 날개를 쓰다듬은 도무진은 왼쪽 숲으로 시선을 돌렸다.

힘은 보통 사람과 다름없지만 예민한 감각만은 흡혈귀의 것을 고스란히 지니고 있는 그의 귀에 비명 소리가 들렸다.

"누군가 사냥을 당하고 있는 것 같군."

그가 사냥꾼이었을 때 만들어내던 소리들과 비슷했다. 세해귀를 몰아넣고 사냥을 하는 방식은 거의 같은 식으로 이루어진다.

귀를 쫑긋 세운 조설화도 도무진이 들은 소리를 감지한 듯 물었다.

"어떻게 할까?"

딱히 세해귀를 도울 생각은 없었다. 하지만 저곳에 있을 인간이 도무진의 본능을 자극했다. 그걸 눈치챈 조설화기 먼저 나섰다.

"난 동족이 어려움에 처했으니 나서야겠어. 그게 맞겠지?"

마지막 물음은 여소영을 향한 것이었다. 여소영은 소리를 감지하지 못했기에 무슨 영문인지 몰라 눈만 멀뚱거리고 있었다. 그래서 조설화가 지금 돌아가고 있는 상황을 설명해 줬다.

"그때 엄마와 나처럼 누군가 당하고 있단 말이야?"

여소영에게 사냥을 당한 경험은 평생 잊을 수 없는 악몽이었다.

"그래. 그래서 우리가 도우려고 하는데 네 생각은 어떠니?"

"당연히 도와야지!"

"그럼 나쁜 사람들을 죽여야 하는데… 오라버니가 그래도 괜찮겠어?"

잠시 생각하던 여소영이 힘차게 고개를 끄덕였다.

"나쁜 사람이면 괜찮아."

회심의 미소를 지은 조설화가 도무진에게 말했다.

"갈까?"

인호 백연혜(白然惠)는 그물에 갇혔을 때만 해도 꼼짝없이 죽었다고 생각했다. 그런데 갑자기 꼬리가 일곱 개나 되는 칠미호가 등장해서 한 명의 사냥꾼을 숲속으로 던져 버렸다.

그때까지도 백연혜는 기대는 했으나 안심하지는 못했다.

그녀가 만난 사냥꾼들은 여섯 명으로 구성된, 세해귀 사이에서 악명이 자자한 자들이었다. 그들을 만나서 살아난 세해귀는 단 한 명도 없었다.

그런데 칠미호가 한 명의 사냥꾼을 던진 그 숲속에서 흡혈귀가 나타났다. 거대한 검을 든 흡혈귀는 사냥꾼들의 그 어떤 술법이나 무기도 통하지 않았다.

인간의 전유물이라고 생각했던 무공을 사용하는 흡혈귀는 나머지 다섯 명의 사냥꾼을 단숨에 죽여 버렸다. 백연혜의 키만큼이나 길게 뻗어 나온 검강 하며 눈으로 쫓기 힘든 빠름과 아름드리나무와 인간을 함께 베어버리는 그 파괴력은 이제까지 그녀가 보지 못했던 강함이었다.

세해귀가 저처럼 강할 수 있다는 걸 처음 알았다. 그래서 그녀를 구해줬음에도 불구하고 그가 두려웠다. 하지만 처음 나타난 칠미호가 친절하게 웃어주었고 흡혈귀는 곧 평범한 모습의 인간으로 돌아가 괜찮으냐고 안부까지 물었다.

"네. 덕분에 살았어요."

어렵게 대답한 그녀의 눈에 나무 뒤에서 모습을 드러낸 어린 계집애가 보였다. 인간들은 알 수 없지만 인호는 같은 인호의 자식을 본능적으로 감지할 수 있었다.

자식을 둔 인호는 절대 흔한 존재가 아니었다. 오랜 공력을 쌓고 인간과 화합을 한 후에야 비로소 자식을 가질 수 있었다. 그 인고의 세월은 견뎌본 인호만이 얼마나 어려운지 안다.

그럼에도 칠미호는 살인을 했다. 그것은 곧 수련의 세월이 물거품이 되어버렸다는 의미이다.

그 지경까지 되면 인호는 거의 미쳐서 살인귀가 되게 마련인데 눈앞의 칠미호는 아직도 수련 중인 인호처럼 보였다.

"괜찮으세요?"

혼자 생각한 끝에 궁금한 걸 그냥 물어버렸다. 그래서 질문을 받은 칠미호가 어리둥절한 표정을 지을 수밖에.

"응? 뭐가?"

"아니 그게……."

백연혜는 어떻게 얘기를 해야 할지 몰라 주변을 둘러보았다. 다행히 눈치 빠른 칠미호는 그녀가 의아해하는 걸 알아차렸다.

"괜찮아. 인간이 되는 것보다 중요한 게 있다는 걸 깨달았으니까."

백연혜는 칠미호의 말을 이해할 수 없었다. 그녀는 아직 꼬리가 두 개밖에 되지 않는 이미호에 불과하다. 그럼에도 인간이 되려는 희망은 그녀의 전부나 마찬가지이다.

본능이나 마찬가지인 감정은 세월이 지날수록 강해지게 마련이다. 오랜 세월 수련을 하다가 실패하게 되면 미쳐 버리는 이유가 그만큼 깊은 절망 때문이다.

그런데 인호에게 인간이 되는 것보다 중요한 게 있다니. 백연혜로서는 이해하기 힘든 말이었다.

"그 중요한 게 뭐죠?"

"우리 스스로 우리를 구하는 것."

"네?"

"우리들은 오랜 세월 세해귀라는 이름으로 인간들에게 핍박을 받아왔지. 물론 인간들 나름의 이유가 있겠지만 죄 없이 죽어간 세해귀들도 부지기수였어. 단지 인간들의 돈벌이와 쾌감을 위해서 말이야. 그런 세해귀들을 구하고 악인을 응징하는 게 그저 인간이 되는 것보다 중요하지 않을까?"

"그런… 가요? 그러고 보니 귀인문과 비슷하네요?"

칠미호는 고개를 저었다.

"난 그들을 알아. 그들 또한 만민수호문처럼 자신들의 야망을 위해 인간과 세해귀들을 이용하는 집단일 뿐이야. 우린 그들과 달라."

"그럼 당신들은 순수하게 핍박받는 세해귀들을 위해 나선 분들인가요?"

"그래."

백연혜는 경외 어린 눈으로 칠미호와 흡혈귀를 보았다. 세해귀들은 그저 본능대로 살거나 귀인문에 투신해서 시키는 대로 움직이는 존재들이었다.

저들처럼 스스로 깨쳐서 동족을 위해 싸우는 세해귀는 이제까지 본 적이 없었다.

"당신들이야 말로 우리의 구세주로군요."

"괜한 소리를 했군."

'당신들 소식을 핍박받는 세해귀들에게 전해야겠어요.'

백연혜가 떠나면서 한 말이었다. 그래서 도무진은 조설화에게 가벼운 핀잔을 줬다.

"저렇게 감성적인 애인지 몰랐지. 뭐, 별일이야 있겠어?"

하지만 조설화의 예상과는 다르게 별일이 있었다. 그들은 가는 동안 두 번 더 사냥꾼들에게서 세해귀를 구했다.

도무진이 흡혈하는 걸 싫어하는 여소영이었지만 예외로 두는 존재가 바로 사냥꾼들이었다. 그러니 여소영의 눈 때문에 도무진이 흡혈을 할 수 있는 사람은 사냥꾼으로 한정되었다.

중원에 세해귀 사냥꾼은 의외로 많아서 찾는 데 어렵지는 않았다. 그런데 세 번째 세해귀, 나무인간 목인귀(木人鬼)를 구했을 때였다.

보통 나무들처럼 땅에 뿌리를 박고, 생긴 것도 이 장 높이의 보통 나무와 다를 바 없는 목인귀는 하루에 많이 움직여야 겨우 삼 장 남짓을 이동한다.

사람에게 특별히 해를 끼치지는 않지만 땅의 영양분을 너무 많이 섭취해서 간혹 농사를 망치기도 하기에 인간들에게는 박멸의 대상이었다.

"오! 당신이 우리 세해귀들의 구세주이신 어둠의 성자[暗中聖子]시군요!"

처음에는 목인귀가 뭔가 잘못 알고 있다고 생각했다. 그래서 부인을 했는데 얘기를 들어보니 도무진을 칭하는 게 맞았다.

"난 인간들에게서 세해귀를 해방시키는 것 따위는 관심 없어."

목인귀는 사람에게는 목 부분에 해당하는 나뭇가지를 좌우로 흔들며 말했다.

"언제나 위대한 성인들은 자신의 공을 밖으로 드러내지 않죠. 하지만 세해귀를 위한 당신의 용감한 행동은 이처럼 땅에 뿌리박힌 것이나 다름없는 제 귀에까지 들어왔답니다."

목인귀의 칭찬에 낯이 뜨거워질 지경이었다. 도무진은 여소영 때문에 가려서 흡혈을 했을 뿐이다. 특별히 세해귀를 위한다는 목적은 없었는데 조설화의 반쯤은 농담 섞인 말에 백연혜의 초인적인(?) 소문 퍼뜨리기 능력이 합쳐져서 도무진을 어둠의 성자로까지 만들어 버렸다.

"어둠의 성자님. 저도 성자님과 동행하며 돕고 싶습니다. 허락해 주십시오."

그야말로 점입가경이었다.

"하루에 이백 리는 가야 하는데?"

목인귀의 나뭇가지들이 아래로 내려오더니 갑자기 위로 솟구쳤다. 땅이 쩍 갈라지면서 목인귀의 뿌리가 밖으로 드러났다.

쿵쿵!

목인귀는 굵은 뿌리를 굴려 흙을 털면서 말했다.

"우리도 마음만 먹으면 빨리 움직일 수 있습니다. 물론 자주 쉬어주기는 해야 하지만 말입니다."

도무진은 목인귀의 두꺼운 몸통을 툭툭 두드렸다.

"마음은 고맙지만 누구와 동행할 길이 아니라서."

"아! 그렇군요. 죄송합니다. 고행의 길에 저 같은 것이 끼면 방해만 되겠군요."

도무진은 거듭 사과를 하는 목인귀를 달랜 후 서둘러 자리를 떴다. 그리고 얼마 가지 않아 조설화의 웃음보가 터졌다.

"어둠의 성자라니. 누군지 이름 하나는 잘 지었네."

여소영도 맞장구를 쳤다.

"어려운 자들을 돕는 오라버니한테 잘 어울려요!"

수혼까지 히힝거리면서 동조를 하는 것 같았다. 도무진은 어둠의 성자 운운하는 게 전혀 달갑지 않았다. 누군가에게 추앙을 받는 것은 몸에 맞지 않은 옷을 입은 것처럼 어색했다. 더구나 그의 의도와는 전혀 다르게 와전된 소문일 뿐이니 진실이 밝혀지면 비난만 커질 것이다.

그래서 사냥꾼에게서 세해귀를 구하는 걸 그만두고 싶었다. 하지만 여소영 때문에 차마 그럴 수가 없었다. 친구라고 여겼던 사람들이 모두 배신해 버린 지금, 도무진에게 가장 가까운 존재는 여소영이었고 아이는 그를 절대 배신하지 않을 것이다.

그러니 여소영 때문이라도 문제를 해결할 때까지는 사냥꾼을 사냥하는 수밖에 없었다.

*　　　　*　　　　*

"어둠의 성자라고?"

왕고석은 양손을 앞으로 포갠 공손한 자세로 대답했다.

"네. 세해귀 사이에서는 꽤 유명해졌다고 합니다."

왕고석, 오필달, 배문상은 신야현 지부를 관리하는 일을 하고 있었지만 기실 목승탁의 심복들이었다. 목승탁이 심복으로 삼을 만큼 그들의 능력을 출중해서 도무진을 추적하는 일을 세 사람에게 맡겼다.

그 때문에 신야현 지부의 재건은 엉망이 되었지만 목승탁의 관심사는 아니었다. 곧 새로운 지부장과 지부원들이 충원될 것이다.

"마지막으로 발견된 장소가 어디냐?"

"섬서성(陝西省) 평리현(平利縣) 인근입니다."

"섬서성 평리현이면 사천성과 경계 즈음에 있는 곳이로군."

고개를 끄덕인 목승탁이 중얼거렸다.

"어디로 가려는지 알겠다. 황선백이 아닌 사천성의 노리를 찾아가는 것을 보면 완전히 멍청이는 아니야."

"사천성으로 사람을 보낼까요?"

"아니다. 내가 직접 가겠다. 너희들은 일단 이곳을 정리해라."

왕고석을 돌려보낸 목승탁은 오희련과 남궁벽을 불렀다. 세해귀 사냥을 끝내고 돌아온 지 일각도 되지 않아 불려온 두 사람은 먼지투성이였다.

"도무진을 발견했다. 나와 함께 갈 테냐?"

깜짝 놀란 오희련이 물었다.

"어딘데요? 무사하대요?"

"사천성으로 향하는 중인데 가는 길에 세해귀 사냥꾼들에게서 몇몇 세해귀를 구해준 모양이다. 그래서 세해귀들 사이에서 어둠의 성자로 불리며 추앙받고 있는 것 같더군."

"어둠의 성자요? 음, 왠지 오라버니와 어울리는데요?"

남궁벽은 탐탁잖은 표정이었다.

"군이 우리가 동행할 필요가 있습니까? 힘이 필요하지도 않으실 텐데요."

"너희들은 그저 도무진을 진정시키는 도구일 뿐이다."

듣기 좋게 말할 수도 있으련만 목승탁은 가지고 있는 생각을 그저 툭툭 뱉었다.

"가야죠."

오희련이 먼저 나섰다. 그녀가 가겠다고 하는데 남궁벽이 이곳에 남을 수는 없는 노릇이다.

"언제 떠납니까?"

"지금."

*　　　*　　　*

"포강현 지부 여섯 명이 감당하지 못했던 그 흡혈귀가 틀림없느냐?"

"햇빛에 영향을 받지 않는 흡혈귀에다가 용모파기까지 비슷하니 틀림없을 겁니다."

사천성 본부장 곽민상(郭敏相)은 검지로 책상을 두드리며 보고를 하는 장수방(張秀防)을 물끄러미 보았다.

"어떻게 생각하나?"

"그동안 수집한 정보로는 그 흡혈귀의 이름은 도무진으로 신야현 지부 소속이었을 수도 있습니다."

"수도 있다니?"

"요즘 신야현 지부와의 연락이 원활하지 않아서 본부에서조차 정확한 정보를 확인하지 못했습니다."

"지부장이 얼마나 무능하기에 지부 돌아가는 꼴이 그 모양이란 말이냐? 아니, 그보다 흡혈귀를 지부원으로 두다니. 대체 무슨 정신으로 그따위 짓을 한단 말이냐?"

"지부장에 대해서는 알려진 바가 없고 징계조차 논의되지 않고 있는 듯합니다."

"젠장! 일처리 하는 꼴 하고는."

귀인문도 골치 아픈데 뜬금없이 나타난 흡혈귀가 어둠의 성자라는 이름으로 세해귀들 사이에서 영웅으로 떠오르고 있으니 그 또한 작은 일이 아니었다.

더구나 사천성에 발을 들여놓은 이상 흡혈귀는 곽민상의 책임이었다.

"오히려 본부장님께는 좋은 기회일 수도 있습니다. 화제가 되고 있는 어둠의 성자라는 흡혈귀를 잡게 되면 만민수호문 내에서의 지위도 올라가지 않겠습니까?"

"지금 내 지위가 문제더냐?"

말은 그렇게 했지만 군침이 도는 건 사실이었다.

"어제 그 흡혈귀가 사냥꾼들을 처치한 곳이 평무현(平武縣)이라고 했더냐?"

"그렇습니다. 귀기탐응을 집중적으로 풀면 오늘 안으로 찾을 수 있을 것입니다."

"철저히 수색하고 전사들을 준비시켜라."

*   *   *

원래 그의 고향은 강서성이었다. 부모 얼굴도 모르는 고아였지만 어린 시절이 불행하지는 않았다. 자식 없는 마음씨 좋은 부부에게 입양되어서 모두가 부러워할 만한 유년을 보냈다.

그에게 불행이 찾아온 것은 열두 살이 되던 해였다. 겨드랑이 밑이 아프면서 뭔가 자꾸 자라났다. 깃털처럼 생긴 그것이 불길하게 느껴져 그는 아무도 모르게 가위로 잘라냈다.

아팠지만 세 달을 그렇게 견뎠다. 하지만 고통은 갈수록 심해져서 결국은 양부모에게 도움을 청할 수밖에 없었다.

그 후 찾아간 의원만 스무 명이 넘었으나 아무도 병명이 무엇인지 밝혀내지 못했다. 그러는 사이 깃털은 계속해서 자라났다. 고통 때문에 잘라내지 못하고 방치한 탓에 거대한 새의 날개 크기로까지 커졌다.

그리고 어느 날 양부모는 술법사에게 청천벽력 같은 소리를 들었다.

'댁의 아이는 응인귀(鷹人鬼)라는 세해귀입니다.'

친자식도 아니고 양자가 세해귀라는데, 아무리 키운 정이 크다고 하지만 끝까지 보호해 줄 수 있는 부모는 많지 않았다.

양부모는 결국 그 술법사에게 그를 잡아가라 허락했고 그는 가까스로 탈출을 했다.

세해귀가 뭔지도 모르는 어린 나이의 도망자는 차츰 정체성을 찾아가기 시작했다. 외형의 변화가 가장 컸다.

양팔은 겨드랑이에서 자라난 날개에 파묻혀 날개의 일부가 되었고 다리는 매의 그것과 비슷한 모양에 바위처럼 강인해졌으며, 뾰족하게 구부러진 발톱은 강철도 찢을 수 있을 정도로 날카롭게 변했다. 날개 끝에는 여전히 다섯 손가락이 달려 인간처럼 자유자재로 쓸 수 있었다.

그렇게 삼십 년이 흐르는 사이 그는 인간 송창두(宋昌頭)에서 세해귀 응인귀로 완벽하게 변신했다.

바람처럼 빨리 날 수 있었으며 호랑이도 단번에 찢어 죽일 수 있을 정도로 강했다. 웬만한 세해귀 사냥꾼은 그를 잡을 엄두도 내지 못한 채 도망치기에 바빴다.

특히 숲에서 그는 무적이었기에 산세가 험한 사천성으로 이동한 것은 현명한 선택이었다.

사천의 구룡산(九龍山)에서 그는 비로소 동료들을 만났다. 같은 응인귀는 물론 박쥐인간 편복귀(蝙蝠鬼), 곤충인간 철갑귀(鐵甲鬼), 제비인간 섬연귀(閃燕鬼).

그 외에도 많은 세해귀들이 인간의 발길이 끊긴 거대한 구룡산에 모여 살고 있었다.

물론 그곳에 정착하는 과정이 순탄하지는 않았다. 어디에서 텃새는 있게 마련. 하지만 송창두는 자신이 느끼지 못하고 있었을 뿐 엄청나게 강한 응인귀였다.

그는 구룡산의 가운데 부분인 천왕봉(天王峰)에 자리를 잡았고 곧 그곳의 주인이 되었다. 천왕봉의 주인은 구룡산의 실질적인 주인일 수밖에 없어서 많은 도전이 이어졌다.

하지만 그 어떤 세해귀도 송창두의 상대가 되지 못했다. 날개 달린 세해귀는 모두 송창두의 발아래 무릎을 꿇었고 땅에 사는 세해귀들까지 송창두에게 꼼짝도 하지 못했다.

물론 송창두가 구룡산의 세해귀를 지배하는 건 아니었다. 누군가의 위에 군림하는 건 송창두의 성격에 맞지 않았다. 그는 천왕(天王)이라 불리는 지배자였으나 모두를 자유롭게 놓아두었다.

단 하나 금기하는 건 인간을 해치는 것이다. 인간을 위해서가 아니라 그들의 안전을 지키기 위한 금기였다.

인간을 해치게 되면 만민수호문과 사냥꾼들의 표적이 된다. 그건 구룡산을 서식지로 하는 모든 세해귀에게 하등 좋을게 없었다.

세해귀들 간의 작은 다툼 외에는 나름 평화롭던 그곳에 좋지 않은 소식이 들려온 건 송창두가 기분 좋은 낮잠을 자고 일어난 지 얼마 되지 않았을 때였다.

"만민수호문의 문도들까지?"

섬연귀 나부성(羅副成)은 걱정스런 얼굴로 대답했다.

"네. 어둠의 성자 일행은 상관하지 않으면 그냥 지나가겠지만 만민수호문은 다르지 않겠습니까?"

만민수호문이 세해귀를 탐지하는 능력을 보면 구룡산에 들어서는 순간 수많은 세해귀를 발견하게 될 것이다. 그렇게 되면 만민수호문과의 일전을 피할 수 없게 된다.

"어둠의 성자는 어디 있느냐?"

"적운산(赤雲山)에 들어섰습니다. 속도가 꽤 빨라서 구룡산까지 오는 데 두 시진이 걸리지 않을 겁니다."

"구룡산에 들어서기 전에 만나봐야겠다."

"어떻게 하시려고요?"

"다른 길로 가라고 해야지. 구룡산에 만민수호문이 오는 건 막아야 하니까."

＊　　＊　　＊

꺄아악! 꺄아악!

먼 하늘에서 울부짖음 같은 소리가 연신 들렸다. 도무진은 소리가 들린 쪽을 보며 말했다.

"추격자가 있는 것 같군."

"만민수호문이겠지?"

조설화의 물음에 도무진은 고개를 끄덕였다.

"그동안 나타나지 않은 게 이상하지."

"어떻게 할 거야?"

지금은 평범한 인간이나 다름없다. 사람을 찾기에는 장소도 좋지 않았다.

"수혼의 걸음을 믿어야지."

빠른 속도로 만민수호문의 추격자를 따돌리는 게 현재로써는 가장 좋은 방법이었다. 도무진이 막 수혼에게 빨리 가자고 재촉하려 할 때었다.

하늘에서 갑자기 뭔가가 툭툭 떨어지며 그들을 포위했다.

까만 윤기가 나는 짧은 털을 길렀고 입은 새의 부리처럼 툭 튀어나왔다. 유선형으로 날렵하게 휜 날개 끝에는 짧은 손톱을 기른 손이 달려 있었다.

강인한 네 개의 발톱으로 땅을 움켜쥔 그들을 도무진은 예전에 한 번 본 적이 있었다.

"섬연귀로군."

수혼에서 뛰어내린 조설화가 앞으로 나섰다.

"우리 앞을 막는 이유는 무엇이냐?"

그때 짙은 그늘이 지더니 거대한 웅인귀가 나타났다. 키는 일 장에 이르고 부리부리한 눈에 앞으로 구부러진 부리는 강인해 보였다.

웅인귀는 앞으로 한 발을 내디뎌 발밑의 바위를 부수는 것으로 자신의 강함을 살짝 보여주었다.

"그대가 어둠의 성자인가?"

낮고 굵은 목소리였다. 무서워하는 여소영의 머리를 쓰다듬어 진정시킨 도무진은 수혼을 앞으로 움직여 조설화와 나란히 섰다.

"어쩌다 보니 그렇게 불리게 됐군. 당신은?"

"인간의 이름을 원한다면 난 송창두다. 하지만 이곳에선 구룡산의 지배자 천왕이라 부르지."

도무진은 주변에 둘러선 여덟 명의 섬연귀를 둘러보며 물었다.

"우리를 막은 이유는?"

"길을 잘못 든 것 같아서."

"내 길은 내가 알아서 가고 있는데."

"구룡산만 피한다면 당신이 어딜 가든 나도 상관하고 싶지 않아."

"아무리 구룡산의 천왕이라고 하지만 길까지 막는 것은 심한 것 같군."

"어둠의 성자를 쫓는 만민수호문만 아니라면 나도 이처럼 박한 세해귀는 아니라네."

조설화가 비웃는 표정으로 말했다.

"똥오줌 구분 못 하는 겁쟁이로군."

송창두의 옆에 서 있던 섬연귀가 발끈해서 나섰다.

"감히 누구한테 겁쟁이라고 하는 것이냐!"

"만민수호문은 무서워하면서 세해귀를 위해 싸우는 어둠의 성자에게는 시비를 거니 똥오줌 구분 못 하는 겁쟁이라고 할밖에!"

"우린 괜한 번거로움을 피하려는 것이다!"

"번거로움이 우리 세해귀의 자존감과 생존보다 중요하단 말이냐!"

섬연귀가 뭐라고 대꾸를 하려는데 송창두가 팔을 들어 막았다.

"그대는 누군가?"

조설화는 꼬리를 쫙 펴서 인호의 모습으로 탈바꿈했다. 송창두뿐 아니라 주변에 있는 섬연귀들이 모두 놀라는 표정을 지었다. 인호 자체도 귀한 세해귀인데 칠미호는 소문조차 듣기 힘들 정도로 드문 존재였다.

"아직도 우릴 막고 싶은 생각이 드느냐?"

송창두가 말했다.

"햇빛을 두려워하지 않는 흡혈귀 어둠의 성자와 칠미호면 충분히 강한 세해귀지. 하지만 만민수호문에는 한참 미치지 못한다. 우리가 솔직하지 못했다는 건 인정하지. 네 말대로 우린 만민수호문이 두렵다. 구룡산에 수천 명의 세해귀가 살고 있다는 걸 만민수호문에서 알면 토벌대를 보낼 게 분명하다. 우리 삶의 근간을 흔드는 그런 싸움은 하고 싶지 않다. 그러니 정중하게 부탁하건대 구룡산을 돌아 다른 곳으로 가기 바란다."

도무진이 송창두의 말을 받았다.

"당신의 솔직함은 마음에 드는군. 하지만 구룡산을 돌아가려면 족히 오백 리는 더 가야 하는데 우리에게는 그럴 여유가 없군. 만민수호문이 노리는 건 나 하나니 그들과 다툼만 일으키지 않는다면 구룡산의 세해귀들은 별문제 없을 것 같은데?"

"당신에게 여유가 없듯 우리에게도 모험을 할 만한 여유가 없어서 말일세."

송창두의 입장은 충분히 이해가 갔다. 하지만 뒷덜미를 잡을 듯 쫓고 있는 만민수호문을 떨치려면 도무진도 구룡산을 가로지르는 방법밖에 없었다.

문제는 저들을 뚫고 억지로 통과하려 해도 도무진에게는 힘이 없다는 것이다. 결국 조설화에게 모든 부담을 지워야 하는데 그 선택은 마음에 들지 않았다.

도무진이 고민을 하고 있는데 조설화가 먼저 결정을 내려주었다.

"그럼 추격자를 뒤에 두고 우리끼리 싸워야겠군."

"진정 구룡산을 지나가야겠단 말인가?"

"만민수호문을 두려워하지 않는데 겁쟁이 세해귀를 두려워할까?"

조설화의 도발에도 송창두는 쉽게 싸움을 결정하지 못했다. 그 또한 이 상황이 진퇴양난이라는 걸 알고 있었다.

만민수호문이 두렵기는 하지만 소문의 반만이라도 진실이라면 어둠의 성자 또한 결코 쉬운 상대가 아니었다. 거기에 그들끼리 싸우다가 만민수호문이 들이닥치기라도 한다면 상황은 최악이 될 수밖에 없었다.

"저들은 단지 지금의 위협이지만 만민수호문은 파도 같습니다. 지금도 밀려오고 있고 앞으로도 쉼 없이 구룡산을 덮칠 것입니다."

섬연귀가 송두창에게 마음에 들지 않는 조언을 했다. 저들 입장에서야 이제 갓 이름을 얻은 어둠의 성자보다 만민수호문이 두려운 것은 당연했다.

"그대들은 정녕 만민수호문을 상대로 세해귀를 구하는 자들인가?"

도무진은 부인을 하려고 했다. 하지만 조설화가 먼저 대답을 해버렸다.

"만민수호문뿐만 아니라 세해귀가 당당하게 살 수 있는 세상을 만드는 것이 우리의 희망이다."

"그럼 그럴 수 있다는 능력을 내게 보여라."

"우리에게 요구하는 것이 무엇이냐?"

송창두는 귀기탐응의 울음이 들리는 하늘로 시선을 던졌다.

"저 추격자들을 물리쳐 봐라. 그럼 그대들의 능력을 인정할 테니."

도무진이 말했다.

"당신에게 인정받고 싶은 생각은 없는데."

"당신의 꿈은 홀로 이룰 수 있는 꿈이 아니다."

조설화가 물었다.

"우리 동료가 되겠다고?"

"당신들에게 그럴 만한 능력이 있다면. 능력도 없는 자들이 큰소리만 치면서 우릴 위협하는 꼴은 보고 싶지 않아."

도무진이 피식 웃음을 터뜨렸다.

"양손의 떡을 쥐겠다는 것이로군. 우리가 만민수호문의 추격자들에게 죽으면 골칫거리가 사라지고, 만약 이긴다면 그들이 우리에게만 집중하거나 최소한 시간은 벌 수 있으니까. 새대가리에서 나온 생각치고는 똑똑해."

"어떻게 할 텐가?"

수혼이 갑자기 푸르륵거리며 발을 굴렀다. 만민수호문의 추격이 가까워진 걸 느낀 것이다. 이젠 선택의 여지가 사라졌다. 송창두와 싸우는 건 하책 중의 하책이다. 그사이 추격자가 도착할 것이기 때문이다.

도무진은 조설화에게 말했다.

"인간이 하나 필요하겠어."

고개를 끄덕인 조설화는 온 길을 따라 숲속으로 사라졌다. 도무진이 수혼의 목덜미를 쓰다듬으며 말했다.

"수혼. 소영이를 부탁한다."

싸우고 싶은 수혼은 투레질을 했지만 결국 도무진의 말을 듣고 여소영을 태운 채 앞으로 내달렸다.

"똑똑한 신수로군."

"어떤 인간이나 세해귀보다 낫지."

"자신 있나?"

"두고 보면 알겠지."

조설화에게 위험을 안겨주고 싶지 않았을 뿐 인간의 피를 취하기만 하면 만민수호문의 추격자 따위는 안중에도 없었다. 칠 인의 성자 외에 그를 막을 수 있는 자는 존재하지 않는다고 믿었다.

'이렇게 만민수호문과도 완전한 적이 되는군.'

제19장

거려

　송창두와 섬연귀들은 멀리 물러나 근처에서 가장 높은 나무 꼭대기에 자리를 잡았다. 백 장이나 떨어져 있었지만 그들의 날카로운 눈은 어둠의 성자를 놓치지 않았다.

　송창두의 아래 나뭇가지에 선 나부성이 물었다.

　"아이를 인질로 잡을까요?"

　"아이는 왜?"

　"만약을 위해서죠."

　"아이가 필요한 때는 어둠의 성자가 만민수호문을 이길 때뿐인데 그게 가능하다고 생각하느냐?"

"어둠의 성자에 대한 소문이 워낙 자자해서 말입니다."

"소문은 과장되게 마련이지. 하지만 가끔은 소문이 사실이기도 하니까. 만약 소문처럼 어둠의 성자가 그리 대단하다면 재미있을 수도 있겠어."

"재미있다니요?"

송창두는 멀리 있는 어둠의 성자에게 시선을 고정시킨 채 물었다.

"그가 꾸는 꿈이 어떻다고 생각하나?"

"이미 귀인문에서 쫓고 있는 꿈이 아닙니까?"

"귀인문과는 다르지. 그놈들은 말뿐이야. 우두머리가 누군지도 알려지지 않았고 희생된 인간은 한 명도 없잖아. 만민수호문과의 싸움에서 희생되는 쪽은 언제나 세해귀들밖에 없지. 하지만 저 사내는 세해귀이면서 당당히 사냥꾼과 만민수호문에 맞서고 있잖아. 바로 우리 눈앞에서."

"천왕께서는 어둠의 성자와 같은 길을 가고 싶으신 겁니까?"

"일단 싸움을 지켜보기로 하지."

곽민상은 눈살을 찌푸렸다. 수하 한 명이 어둠의 성자 손에 잡혀 있었기 때문이다. 뒷덜미를 잡힌 수하는 두려움에 부들부들 떨고만 있었다.

머리 위 하늘에서 연신 울어대던 귀기탐응 여덟 마리는 사라졌고 대신 쉰두 명의 수하가 어둠의 성자 주변을 포위했다. 모두 사천성 본부에서 가장 뛰어난 능력을 가진 전사였다.

한 명의 세해귀를 잡는데 이처럼 많은 전사를 동원한 경우는 사천성 본부는 물론 만민수호문 역사에서도 없을 것이다. 그만큼 곽민상은 이 일에 공을 들이고 있었다.

"네가 도무진이냐?"

"넌?"

"사천성 본부의 본부장 곽민상이다. 어쩌다가 만민수호문의 문도가 배신자가 된 것이냐?"

"흡혈귀가 만민수호문의 문도가 되었던 게 더 궁금하겠지."

"신야현 지부장이 미친놈이었겠지."

"그 말이 맞긴 해."

도무진은 주위를 둘러보며 물었다.

"진도 다 설치하고 부적도 모두 붙였나?"

곽민상은 미간을 살짝 찌푸렸다. 도무진을 완벽하게 잡으려고 꼼꼼한 준비를 했고 시간을 벌기 위해 쓸데없는 얘기까지 나눴다. 그런데 도무진은 그 모든 것을 꿰뚫고 있음에도 태연한 표정이었다.

'생각보다 좋지 않을 수도 있겠군.'

만민수호문에 몸담고 있었기 때문에 어떤 곳인지 누구보다 잘 알고 있을 도무진이다. 적을 알고 있음에도 자신감을 보인다는 건 싸워야 하는 입장에서는 확실히 껄끄러웠다.

"소문이 자자한 어둠의 성자가 얼마나 대단한지……."

얘기를 하던 곽민상은 깜짝 놀랐다. 도무진이 뒷덜미를 잡고 있던 수하의 목을 문 것이다.

"이놈! 멈춰라!"

그의 고함에도 도무진의 목젖은 쉼 없이 움직였다.

"쳐라!"

준비를 하고 있던 술법사들이 주문과 함께 부적을 날렸다. 열두 장의 부적이 시위를 떠난 화살처럼 도무진을 향해 날아갔다. 여전히 수하의 목에서 이빨을 떼지 않는 도무진에게 모든 부적이 부딪쳤다.

펑!

부적들은 요란한 소리를 내며 불꽃을 일으키거나 잘 벼른 칼날이 되어 베거나, 얼음보다 백배는 차가운 냉기로 도무진을 얼리기도 했다.

화약처럼 폭발하는 부적이 마지막에 부딪쳐서 자욱한 연기를 만들었다. 도무진이 연기에 가려진 사이 곽민상은 인호를 살폈다. 인호는 도무진에게서 이 장 정도 떨어진 곳에서 태연한 얼굴로 서 있을 뿐이었다.

연기 안에서 뭔가가 툭 튀어나왔다. 퍼석하게 말라버린 수하였다. 불어온 바람에 연기가 쓸려가고 비로소 도무진의 모습이 나타났다.

열두 장의 부적을 고스란히 몸으로 받은 도무진은 너무 멀쩡했다. 상처는 고사하고 옷이 찢기지도 않았다.

하지만 정작 곽민상을 서늘하게 한 것은 부적에 상처를 입지 않아서가 아니었다.

지난 이십오 년 동안 곽민상이 잡은 흡혈귀만 스물이 넘었다.

개중에는 성체도 셋이나 있어서 흡혈귀 따위는 언제든 죽일 수 있다고 자신했다. 그런데 도무진은 달랐다.

어디가 다르냐고 묻는다면 확실한 대답을 할 수는 없었다. 긴 송곳니와 손톱, 창백한 안색 등은 여느 흡혈귀와 다르지 않았다.

하지만 도무진에게서 풍기는 기세는 곽민상의 가슴을 밀어내는 손길 같았다. 이제까지 어떤 존재에게서도 느껴보지 못한 위압감이 곽민상을 내리눌렀다.

스르릉!

도무진이 검을 뺐다. 그저 검이 보였을 뿐인데 곽민상은 검이 가슴을 베어오는 것 같은 날카로운 기운을 느꼈다.

"시간이 많지 않으니 빨리 끝내기로 하지."

도무진이 땅을 박참과 동시에 부적이 날아갔다. 도무진은 허공에 뜬 상태에서 부적을 향해 검을 휘둘렀다. 몸을 한 바퀴 돌려 스무 장이나 되는 부적을 거의 동시에 베어냈다.

검에 부딪쳐 찢어지거나 그럼에도 제 위력을 낸 부적도 있었다. 그러나 어느 것 하나 도무진을 상하게 하지 못했다.

허공에서 왼발로 오른쪽 발등을 찬 도무진은 왼쪽 숲을 향해 쏘아졌다. 도무진의 모습은 순식간에 시야에서 사라졌다. 그리고 숨 한 번 내쉬기 전에 비명이 터졌다.

굳이 확인하지 않아도 수하 중 한 명이라는 걸 알 수 있었다.

"모두 놈을 쫓아라!"

그 외침이 끝나는 사이에도 두 개의 비명이 더 들렸다. 도무진이 빠져나가지 못하도록 결계를 치고 부적을 붙여놓았지만 이 안에서의 싸움에 그런 건 별 도움이 되지 않았다.

곽민상도 황급히 도무진이 사라진 쪽으로 향했다. 하지만 그가 발견할 수 있는 건 나뭇가지에 걸리거나 땅에 널브러진 열세 구의 시체뿐이었다.

곧바로 따라온 장수방도 그 모습을 보고 당혹감을 감추지 못했다. 그사이 북쪽에서 또 비명이 들렸다. 곽민상은 다시 비명이 난 곳으로 몸을 날렸다.

병장기 부딪치는 소리와 주문을 외우고 부적이 적중하는

소리까지 들렸는데 현장에 도착해 보면 역시 그가 보는 건 수하들의 시체였다.

"빌어먹을!"

그의 욕설 사이로 또 비명 소리가 터졌다. 이번에는 동쪽이었다. 도무진은 분신술이라도 쓰는 것 같았다. 다시 그쪽으로 가는 것 외에 곽민상에게는 선택의 여지가 없었다.

사천성 본부에서 가장 뛰어난 수하를 쉰 명 넘게 데려왔는데 일방적인 도살을 당하고 있었다.

어둠의 성자에 대한 소문은 오히려 과소평가되어 알려졌다.

'어떻게 흡혈귀가 이처럼 강할 수가 있단 말인가?'

직접 당하면서도 믿을 수가 없었다. 싸움이 시작된 지 반각도 되지 않아 곽민상이 발견한 시체만 서른 구가 넘었다. 그가 보지 못한 시체도 있을 테니 이제 남은 수하의 숫자는 고작해야 열 명 남짓일 것이다.

그리고 남쪽에서 들린 비명은 그 숫자가 계속 줄어든다는 걸 알려주고 있었다.

"본부장님, 일단 이 자리를 피하는 게 좋겠습니다."

곽민상은 말을 한 장수방의 멱살을 와락 움켜쥐었다.

"수하들이 몰살을 당했는데 나만 살아 나가라는 말이냐!"

"하지만… 승산이 없습니다."

그건 알고 있었다. 도무진은 감히 그가 넘볼 수 있는 상대가 아니었다. 지피지기(知彼知己)는 백전불패(百戰不敗)라 했으니, 그토록 자신감 넘치던 도무진의 승리는 어쩌면 당연했다.

　이젠 비명을 찾아 쫓아갈 의지도 남아 있지 않았다. 어느새 비명 소리도 멈춰 사위는 괴괴한 적막을 품고 있었다. 싸움이 시작된 지 불과 일각도 지나지 않아 생긴 참변이었다.

　안절부절못하는 장수방과 달리 곽민상은 허리에 찬 검을 빼고 도무진을 기다렸다. 수장 된 자의 도리로 수하들만 희생시킨 채 도망칠 수는 없었다.

　"넌 가라."

　"네?"

　"가서 어둠의 성자가 얼마나 강한지 알려라. 앞으로 만민수호문의 가장 큰 적은 귀인문이 아니라 어둠의 성자가 될지도 모른다."

　하지만 장수방이 가고 가지 않고는 그들이 결정할 사안이 아니었다.

　"이제 남은 건 두 사람뿐인가?"

　우측에서 들린 소리에 황급히 몸을 돌렸다. 인호가 나무에 기댄 채 웃고 있는 게 보였다. 그리고 인호의 뒤에서 도무진이 나타났다.

처음과 여전히 같은 모습이다. 옷에는 물론 커다란 검은 검에조차 피 한 방울 묻지 않았다. 도무진은 인호를 지나쳐 그들에게 다가왔다.

서두르지 않고 저벅저벅 걸어오는 그 걸음이 곽민상의 숨을 턱턱 막히게 했다. 죽음을 각오했다고 해서 죽음에 대한 공포가 사라지는 것은 아니다.

두려웠다. 저 검에 잘리는 것도 이빨에 물리는 것도 무서웠다. 하지만 곽민상은 검을 들어 몸 앞에 세웠다. 그에게는 죽음에 대한 공포를 이겨낼 수 있는 만민수호문의 문도라는 자긍심이 있었다.

"내가 오늘 비록 죽더라도 넌 결코 만민수호문을 이길 수 없다."

결연한 의지로 말을 뱉었는데 도무진의 시선은 엉뚱한 곳으로 향했다. 서쪽의 하늘을 응시하는 도무진의 미간에 주름이 생겼다. 무슨 일인가 하고 같은 곳을 보아도 나뭇잎 사이로 보이는 푸른 하늘뿐이었다.

"왜 그래?"

궁금하기는 인호도 마찬가지인 모양이다. 도무진이 느릿하게 대답했다.

"결국 날 찾아냈군."

'뭐가 녀석을 찾아냈다는 거지?'

곽민상이 의문을 느낀 순간 갑자기 몸이 휘청 꺾였다. 잠깐 한눈을 판 사이 몸이 이리저리 휘둘리더니 어느새 도무진의 발아래 놓여 있었다.

"비겁한 놈! 이따위 치졸한 방법을 쓰다니! 정정당당하게 싸우자!"

소리를 지르자 흙이 튀어 올라 입속으로 들어왔다. 도무진은 대꾸도 없이 곽민상을 걷어찼다. 잠깐 시야에 나타난 장수방도 그와 같은 신세였다.

허공에 떠오른 두 사람을 하얀 실이 감싸더니 곧 나무에 묶었다. 인호가 쏜 실은 너무 질겨서 그들은 거미줄에 걸린 파리와 다름없었다.

"야! 이 흡혈귀 개자식아! 어서 이걸 풀고……!"

소리를 지르던 곽민상은 하늘에서 뚝 떨어진 사람을 보고 입을 다물었다. 짧은 수염을 기른 쉰 줄의 초로인은 일견 볼품없게 생긴 사람이었다.

하지만 하늘을 나는 부적 풍운부를 쓸 정도면 상당한 경지의 술법사가 분명했다.

"다행히 살아 있었구나."

이미 안면이 있는 듯 초로인의 첫마디는 그것이었다. 도무진의 대꾸는 차가웠다.

"날 죽이려던 사람이 누군데."

"몸은 어떠냐?"

"당신과 싸우기에는 충분해."

"싸우려고 온 것이 아니다."

도무진은 초로인을 향해 검을 겨눴다.

"싸움은 두 사람 중 한 사람의 의지만으로 충분하지."

"후후… 세상에 나를 상대로 그런 호기를 부릴 수 있는 존재는 너 하나뿐일 것이다. 그나저나 한바탕 크게 했구나."

"저들이 자초한 불행이지."

그때 요란한 말발굽소리와 함께 일남일녀가 나타났다. 신마를 탄 것으로 보아 만민수호문의 문도가 틀림없었다.

"오라버니!"

이십 대 초반의 여인이 신마에서 뛰어내리며 도무진을 향해 그리 불렀다. 먼지를 잔뜩 뒤집어쓴 사내도 신마에서 내려 도무진을 마주 봤다. 하는 양을 보니 모두들 잘 알고 있는 사이 같았다.

"제발 그 검 내리고 말로 풀어요."

"싸움을 건 쪽은 내가 아니다."

초로인이 말했다.

"앞으로 만민수호문이 널 쫓는 일은 없을 것이다."

듣고 있던 곽민상이 버럭 소리를 질렀다.

"당신이 누군데 그런 결정을 내린단 말인가!"

젊은 사내가 대꾸했다.

"그런 결정을 내릴 만한 분이니 당신은 입 닥치고 있으시오."

"보아하니 만민수호문의 문도 같은데 내가 누군지 알고 감히……!"

"사천성 본부의 본부장이라는 건 알고 있소이다."

그의 신분을 아는데도 저리 나오는 건 그만한 까닭이 있을 것이다. 상대를 몰라보고 덤볐다가 오십여 명의 수하를 잃었으니 교훈을 얻기에는 충분했다. 그래서 곽민상은 돌아가는 상황을 지켜보기로 했다. 물론 다른 선택의 여지도 없었다.

"하지만 당신은 여전히 날 원하겠지?"

"사사로운 욕심 때문이 아니다."

"당신에게 육체를 빼앗기고 죽은 모든 사람에게 그렇게 말했나?"

"그들에게 충분한 보상을 했지만 그건 중요하지 않다. 중요한 건 이 세상의 운명이 너에게 달려 있다는 것이다."

"거창하군."

"지금은 아무리 말해도 귀에 들어오지 않겠지. 그리고 지금 네 육체는 세상의 운명을 짊어질 만큼 정상도 아니고."

"원하는 게 뭐야?"

"네 의도대로 노리에게 찾아가서 답을 구해봐라."

도무진의 입가에 걸린 웃음은 왠지 씁쓸했다.

"역시 화신이라고 해야 하나? 기분 나쁘게 내 일거수일투족을 꿰뚫고 있군."

화신이라는 호칭에 곽민상은 심장이 뱃속으로 떨어져 뒹구는 것 같은 충격을 받았다. 아주 옛날에는 별호에 신이니제니 천이니 하는 글자를 붙인 무림인이 많았었다.

하지만 만민수호문이 세워진 후 그런 호칭으로 불린 사람은 오직 열두 명뿐이었고 지금은 일곱 명밖에 남지 않았다.

"서… 설마 칠 인의 성자 중 한 분이신 화신님이십니까?"

곽민상은 힘들게 묻고서 재빨리 고개를 저었다.

"아니! 아니지! 화신님이 이런 곳에 나타나실 리가 없지!"

초로인의 등 뒤에서 봄날 아지랑이 같은 기운이 피어올랐다. 그것은 서서히 붉은색으로 변하면서 하나의 형상을 띠기 시작했다.

뱀의 목에 물고기의 꼬리를 하고 튀어나온 부리는 닭의 그것을 닮았다. 좌우로 쫙 펴진 오 장 길이의 거대한 날개는 금방이라도 붉은 불꽃을 토해낼 것 같았다.

저 형상이 뜻하는 게 무엇인지 곽민상은 잘 알고 있었다. 비록 한 번도 보지는 못했지만 만민수호문의 문도, 아니 세상 사람이면 누구나 알고 있는 표식. 화신이 자신의 신분을 드러낼 때 나타나는 염봉황(炎鳳凰)이다.

곽민상은 묶이지만 않았다면 당장 오체투지를 했을 것이다.

"화… 화신님을 뵙습니다!"

"내가 했던 말을 기억하느냐?"

"네?"

"앞으로 만민수호문에서는 어둠의 성자로 알려진 도무진을 쫓지도 그와 싸우지도 않는다. 알겠느냐?"

감히 어느 영이라고 토를 달겠는가?

"각 본부와 지부에 명령을 전달하겠습니다!"

도무진이 말했다.

"뜻밖의 호의로군."

"부디 몸조심해라."

"정말 이대로 보내주는 건가?"

"어차피 다시 만날 테니까."

너무 놀라 나무에서 미끄러졌던 나부성은 날개를 퍼덕이며 제자리로 돌아왔다. 하지만 사색이 된 낯빛만은 좀체 제 색깔을 찾지 못했다.

"저… 저… 저건 분명 치… 칠 인의 서… 성자 중……."

"알고 있다."

전설이라고 하기에는 사실이었고, 직접 볼 기회는 없을 테니 전설이었다. 전설과 사실의 중간쯤에 있던 염봉황이 나타났다.

화신의 출현에 그 자리를 지킨 세해귀는 송창두와 나부성뿐이었다. 나머지는 너무 놀라서 이미 멀리 날아가 버리고 없었다. 어쩌면 아예 구룡산을 떠나고 있는지도 모른다.

"우리도 빨리 피해야 하지 않을까요?"

"도망치기에는 이르다."

송창두는 나뭇잎 사이로 보이는 어둠의 성자와 화신을 응시하고 있었다. 틀림없이 싸워야 할 그들은 그저 얘기만 하는 중이었다.

너무 멀어서 대화는 들리지 않았지만 검을 뺀 어둠의 성자는 적의를 보이고 화신은 싸울 의지가 없는 것 같았다.

'어둠의 성자는 화신조차 껄끄러워할 정도로 강하단 말인가?'

이미 눈으로 확인을 하기는 했다. 일각도 되지 않아 만민수호문의 정예 오십여 명을 도륙해 버렸다. 어떤 세해귀도 그정도 강함을 보여주지 못한다. 그런 능력을 가진 존재는 오직칠 인의 성자뿐일 것이다.

그런데 어둠의 성자가 불가능한 일을 너무도 쉽게 해치워버렸다.

"우리와 어둠의 성자가 싸웠다면 누가 이겼겠느냐?"

"그거야 당연히······."

"솔직하게."

우물쭈물하던 나부성이 낮은 소리로 말했다.

"우리가 어려웠겠지요. 만민수호문 문도 오십여 명을 단숨에 도륙해 버린 자이니······."

"그런데 왜 우리를 무력으로 제압하지 않았을까?"

"그거야 세해귀를 위해 싸우는 어둠의 성자니까요."

"정말 저자가 세해귀의 희망이 될 수 있을까?"

"그동안 세해귀들은 인간들의 핍박에 철저히 눌려 있었습니다. 몇몇 세해귀가 인간을 해친다는 이유로, 만민수호문이며 사냥꾼들은 가차 없이 세해귀를 없애 버렸죠. 그 오랜 세월 거대한 만민수호문과 싸운 세해귀는 없었습니다. 기껏해야 인간의 사주를 받은 귀인문이 세해귀의 희생을 강요했을 뿐이지요."

송창두는 어둠의 성자를 보며 중얼거렸다.

"이제 때가 된 것일까?"

"어둠의 성자와 힘을 합쳐 만민수호문과 싸울 생각이십니까?"

"힘을 합친다기보다는 그의 밑으로 들어간다고 하는 게 맞겠지."

"하지만 순순히 고개를 숙이기보다는 어떤 보상을······."

송창두가 나부성의 말을 끊었다.

"너도 권력을 가지고 싶은 것이냐? 그렇다면 귀인문과 다를 게 뭐가 있겠느냐? 내가 어둠의 성자를 따르는 건 그의 순수한 의지 때문이다. 권력을 탐했다면 천왕인 지금이 낫지."

"천왕님께서 그런 결정을 내리신다면 세상의 수많은 세해귀가 들고일어서는 단초가 될 것입니다."

"뭐?"

송창두는 허리까지 깊숙하게 숙였다.

"제 힘이 비록 미약하지만 어둠의 성자님이 이루려는 대업에 하나의 다리라도 되고 싶습니다."

"난 그런 거창한……."

조설화가 도무진의 말을 재빨리 끊었다.

"어려운 결정을 내리신 천왕께 감사드려요. 하지만 지금 당장 어떤 확답을 드릴 수가 없네요."

"무슨 일을 생각하시든 저희가 도울 수 있을 겁니다."

"개인적인 일로 노리를 찾고 있습니다. 대충 어디 사는지는 알지만 정확한 위치는 알려지지 않았는데 혹시 알고 계신 게 있는지요?"

"워낙 모습을 드러내지 않는 분이라. 최선을 다해 찾아보도록 하겠습니다."

"그럼 저희에게 큰 도움이 될 거예요."

미적거리던 송창두가 물었다.

"그런데 아까 칠 인의 성자 중 한 명인 화신이 왔었던 것 같은데, 혹시 친분이 있으신지요?"

도무진이 대답했다.

"있었지. 지금은 적일 뿐이고."

"만민수호문에 대항하려면 만반의 준비를 해야 할 것입니다."

도무진이 무슨 말을 할까 봐 조설화가 잽싸게 입을 열었다.

"그건 저희도 생각하고 있어요. 추후에 의논할 기회가 생기겠지요."

"그럼 노리와의 일을 해결하신 후 다시 만날 날을 기약하겠습니다. 사천성 단파현(丹巴縣)이 노리의 집이라는 건 아실 테니 일단 그쪽으로 가시지요. 노리를 찾는 대로 연락을 드리겠습니다."

도무진은 돌아가는 상황이 마음에 들지 않았다. 그는 딱히 만민수호문과 싸울 생각도, 세해귀를 위해 분연히 일어설 의지도 없었다.

그는 그저 원래 힘을 찾고 싶을 뿐이다. 그다음에 자신을 속인 목승탁과 귀인문에 복수를 하든, 최초의 흡혈귀를 찾아나서든 마음 내키는 대로 가면 그만이다.

그 안에 대의를 위한 것은 없었다. 그런데 자꾸 상황이 이상한 쪽으로 흐르고 있었다.

"괜한 번거로움을 만드는군."

구룡산을 넘어서 송창두의 영역을 벗어나자 도무진이 퉁명스럽게 말했다. 하지만 조설화는 이런 일들이 재미있는 모양이다.

"도움도 받고 좋잖아. 그리고 세력을 형성하는 게 꼭 나쁜 것만은 아니잖아?"

"좋을 게 뭔데?"

"당장 화신 문제만 해도 그는 아직 당신을 포기하지 않은 것 같은데, 그와 싸운다는 건 결국 만민수호문 전체를 적으로 돌리는 것과 마찬가지인데 혼자 힘으로 그들을 상대할 수 있을 것 같아?"

"그렇다고 세해귀들을 끌어들이고 싶지는 않아."

"당신이 끌어들이는 게 아니야. 억눌려 있던 그들의 분노와 열망이 당신을 통해 표출되는 거지. 그리고 지금은 그들의 반응에 부담을 느낄 필요 없어. 당신이 정 원하지 않으면 그때 가서 외면하면 그만이니까."

현실을 외면한다는 게 말처럼 쉽지 않다는 걸 알고 있었지만 더 이상 그 문제를 논하고 싶지 않았다. 노리가 그의 몸을 바로잡지 못하면 그 모든 게 쓸데없는 걱정이기 때문이다.

인간의 피를 마시고 단 일각 동안만 힘을 발휘할 수 있다는 건 너무 큰 약점이다. 그런 상태로는 누굴 상대로도 제대로 된 싸움을 할 수 없었다.

그러니 모든 걱정은 가장 급한 문제를 해결한 후 생각해도 늦지 않다.

단파현까지 가는 동안 그들은 몇몇의 세해귀를 만났다. 시간을 단축하기 위해 산행을 택한 탓에 만난 대부분은 인간을 피해 사는 세해귀였다.

그들 세해귀에게도 어둠의 성자에 대한 소문은 퍼져서 스스로 찾아와 예를 갖추기도 하고 두려움 속에서 지켜보기도 했다. 호승심 강한 세해귀는 도무진과 싸우기를 원했지만 조설화가 나서는 것으로 마무리되었다.

생각해 보면 소문이란 참으로 우스운 것이다. 도무진은 고작 사냥꾼들에게서 몇몇 세해귀를 구했을 뿐인데, 그것도 그저 인간의 피가 필요해서 한 행동이었음에도 어둠의 성자라는 거창한 호칭까지 얻었다.

거기에 더해 만민수호문 문도 오십여 명을 죽인 사건은 불에 기름을 끼얹는 효과를 안겨주었다. 그래서 이제 어둠의 성자라는 이름은 칠 인의 성자에 버금가는 위력을 지니게 되었다.

어쩌면 희망에 갈급한 세해귀들에게 어둠의 성자는, 목마른 자에게 한 모금의 물처럼 필요한 존재여서 상식을 뛰어넘는 파괴력을 지닌 건지도 모른다.

다행히 단파현에 도착할 때까지 번거로운 일은 생기지 않았다. 목승탁의 명령이 유효해서인지 더 이상 만민수호문의 추격도 없었다.

단파현은 변변한 성시도 없는 곳이었다. 농사를 짓거나 강에서 고기를 잡는 것으로 생계를 잇는 어부들의 터전이 띄엄띄엄 자리해 있었다.

순박한 사람들과 인간의 손길이 미치지 않는 자연은 동물들에게나 사람을 먹이로 삼지 않는 세해귀에게 거주하기 좋은 환경이었다. 하지만 누군가를 찾기에는 난감한 곳이었다.

"저기 순창산(順昌山)이 노리의 거처로 알려져 있지만 확실하지는 않아."

조설화는 등성이가 둥근 산을 가리켰다. 이대로 좁은 길을 쭉 가면 한 시진 이내에 당도할 수 있는 거리였다. 물론 속력을 내면 금방 도착하겠지만, 수혼이 아무리 대단한 신마라도 세 명이나 태운 상태에서 오랜 길을 왔기 때문에 많이 지쳐 있었다.

"노리가 확실히 위험한 세해귀는 아니지?"

도무진도 노리에 대한 소문은 들었지만 관심이 없어서 성향이 어떤지는 알지 못했다.

"왜? 비상용으로 인간이라도 하나 잡아 갈까?"

앞에 탄 여소영이 고개를 돌려 물었다.

"비상용으로 인간을 잡아가다니? 그게 무슨 말이야?"

"아무것도 아니다."

도무진은 뒤에 탄 조설화에게 함부로 말하지 말라는 표정을 지어 보였다.

"어떨 때 보면 자기가 아버지 같다니까."

"그럼 난 아버지라고 불러야 해?"

조설화는 손을 뻗어 여소영의 머리를 쓰다듬었다.

"어유! 우리 예쁜 딸, 그래주면 엄마야 고맙지."

그녀의 농담인지 진담인지 알 수 없는 말에 도무진은 아무 말도 하지 못했다.

순창산에 도착하자 해는 서산으로 많이 기울어 있었다. 산중의 야영이야 익숙했기에 걱정할 건 없었다. 혹시 노리의 행방을 물어볼 만한 세해귀가 없나 이목을 집중시키며 가고 있는데 하늘에서 날갯짓 소리가 들리더니 섬연귀가 뚝 떨어졌다.

"어둠의 성자님을 뵙습니다."

한쪽 무릎을 꿇는 저 과한 예는 언제 봐도 어색했다.

수혼에서 내린 조설화가 물었다.

"노리의 행방을 알아냈나요?"

"다행히 찾았습니다."

섬연귀는 노리가 현재 화양산(華陽山)의 천혈동(千穴洞)에 있다고 알려주었다. 화양산이라면 그들이 있는 곳에서 족히 이틀은 더 가야 하는 거리였다.

그래도 노리가 있는 정확한 위치를 알았으니 다행이었다.

"천왕께서 천혈동 근처를 포위하실 계획입니다. 어둠의 성자께서 도착하실 때까지 노리를 감시하고 있을 겁니다."

"천왕께 고맙다고 전해주세요."

이제 조설화는 도무진을 대변하는 데 익숙한 모습이었다. 노리는 찾은 것이나 마찬가지니 남은 문제는 도무진을 원래대로 돌려놓을 수 있느냐 하는 것이다.

만약 노리의 능력 밖이라면 길은 하나밖에 없었다.

'황선백과 공이 아직 선인도에 있을까?'

*   *   *

"죽여야 합니다."

공의 강력한 주장에도 황선백은 여전히 고민하는 모습이었다.

공의 곁에 앉은 유호영이 말했다.

"섣불리 결정해서는 안 됩니다. 도무진이 어떤 상태인지 모르는 상황에서 완전한 적으로 돌리는 건 위험합니다."

유호영은 언제나 신중한 성격이었다. 황선백이 흑술법사인 유호영에게 귀인문에 투신하라는 제안을 했을 때 무려 일년을 장고한 끝에 합류를 결정했었다.

어쩌면 신중함이야말로 유호영의 가장 큰 장점인지도 모른다.

하지만 공의 성격은 달랐다. 일단 부딪쳐 보고 상황에 맞게 즉흥적으로 해결책을 찾는 사람이 공이었다.

"도무진은 이미 우리를 적으로 간주하고 있을 것입니다. 분명 천통환 때문에 몸이 정상이 아닐 터, 지금이 아니면 나중에는 죽이기가 더 힘들어질 것입니다."

"오늘의 적이 내일은 친구가 될 수도 있네. 너무 성급한 결정은 좋지 않아. 더구나 귀인문 입장에서도 만민수호문에 강력한 적이 나타나면 좋으면 좋았지 나쁠 일은 없으니까."

유호영의 의견도 공의 말도 모두 일리가 있었다. 그래서 황선백은 쉽사리 결정을 내리지 못했다.

"문주님!"

회의실 밖에서 급한 목소리가 들렸다. 이랑 소우선(蘇宇善)이었다. 발치에 번개가 떨어져도 눈썹 하나 까딱하지 않을 정도로 침착한 성정의 소우선인데, 황선백을 찾는 음성에는 당황함이 역력했다.

"무슨 일이냐?"

"치… 칠 인의 성자 중 한 명인 화신이 찾아왔습니다!"

황선백은 의자에서 벌떡 일어섰다.

"뭐야? 화신이? 확실히 그가 맞더냐?"

"염봉황을 확인했습니다!"

염봉황을 보여줬다는 건 세해귀를 상대로 무력을 쓰지 않았다는 의미다.

"도무진이 이곳을 알려줬군요. 진작 옮겼어야 했습니다."

공의 말에 유호영이 고개를 저었다.

"둘은 현재 돌이킬 수 없는 적인데 도무진이 그랬을 리가 없네."

"도무진이 아니면 화신이 이곳을 어찌 알아냈겠습니까?"

황선백이 말했다.

"지금 중요한 건 화신의 용건이다. 싸움을 원했다면 굳이 염봉황을 출현시켜 자신의 존재를 증명하지는 않았겠지."

"어떻게 하시겠습니까?"

유호영의 물음에 황선백은 잠시 생각하다가 대답했다.

"방문객은 만나보는 게 예의겠지."

"혹시 모르니 싸울 준비를 하겠습니다."

공은 자리를 박차고 나갔다.

황선백은 소우선에게 화신을 안내하라 일렀다.

"묵은 원한을 해결하실 겁니까?"

"자네 생각은 어떤가?"

"일단 그의 말을 먼저 들어봐야겠지요."

"복수를 할 수 있는 절호의 기회인데?"

"문주님의 몸은 아직 완전하지 않습니다. 비록 이곳에 백여 명의 세해귀가 있다고 하지만 상대는 화신. 승리를 장담할수 없습니다."

"구 할의 승산이 없으면 싸우지 않는 자네답군. 그런 자네가 왜 귀인문에 투신했는지 나는 아직도 의아하네."

"야망은 절대 구 할에 이를 수 없으니까요. 삼 할이면 야망의 가능성으로 후한 것 아니겠습니까?"

유호영은 자리에서 일어섰다.

"저도 공을 도와야겠습니다. 혹시 모르니까요."

유호영이 나가고 얼마 되지 않아 소우선의 음성이 들렸다.

"문주님. 화신님 뫼시었습니다."

"들라 해라."

문이 열리고 초로의 사내가 모습을 드러냈다. 황선백이 기억하던 그 모습은 아니었지만 그가 화신이라는 건 본능이 말해주고 있었다.

"오랜만이군. 이젠 목승탁으로 불러야 한다지?"

"자넨 여전히 황선백인가?"

"보다시피. 아! 내 모습이 너무 많이 변했군. 자네가 만든 작품인데 마음에 드나?"

"내 실수였다고 말해봐야 믿지 않겠지."

"화신답지 않은 변명이군. 천하의 화신이 사과를 하려고 방문하지는 않았을 테고, 찾아온 용건이 무엇인가?"

"도무진."

"그 녀석은 왜?"

"무슨 약을 먹인 건가?"

황선백은 인상을 찌푸렸다.

"고작 흡혈귀를 구하려고 날 찾아왔단 말인가? 자신의 동료 등에는 칼을 꽂으면서 한낱 흡혈귀는 목숨을 걸고 구하겠다고! 정녕 그렇단 말인가?"

"내 실수에 대한 변명은 하지 않겠네. 하지만 도무진은 자네가 생각하는 것처럼 한낱 흡혈귀가 아니네."

"물론 그렇겠지. 자네가 회생의 법으로 사용해야 할 몸이니까. 불사의 몸을 가져서 다시는 회생의 법 같은 귀찮은 과정을 거치지 않겠다는 발상은 아주 기발하군. 자네다운 생각이야."

"도무진이 내게는 마지막 몸이 되겠지. 왜냐하면 그 몸으로 죽을 테니까."

"죽는다고? 자네가? 왜?"

"번천의 날을 기억하나?"

"지금부터 천 년이 흘러도 그날을 잊을 수는 없지."

"지금 생각해 보면 참 끔찍한 날이었네. 그렇지 않나?"

"고통스럽기는 했지. 살점이 조각조각 떨어져 나가고 뼈가 가루로 부서지는 것 같은 느낌 속에서도 생생히 살아 있다는 건……."

과거를 회상하듯 두 사람 사이에는 침묵이 흘렀다. 하지만 길지 않은 침묵이었다.

"그 일이 다시 일어난다면 어떻게 될 것 같나?"

"번천의 날이? 그런 일이 되풀이될 것 같지는 않군."

"머잖아 일어날 걸세. 천주의 말로는 일 년을 넘기지 않을 거라고 하더군."

"정말인가? 정녕 마계혈이 열리고 있단 말인가?"

"그렇네. 내가 직접 들어가서 확인한 사실이야. 흑림의 세 해귀가 내게 적의를 드러낼 정도로 마기가 강해졌네. 번천의 날이 다시 찾아올 거라는 징후가 곳곳에서 나타나고 있어."

"만민수호문에서는 막을 방도를 마련했고?"

목승탁이 낮은 한숨을 쉬었다.

"나 외에는 아무도 마계혈이 열리는 것에 대해 걱정하지 않는 눈치야. 오랜 세월이 그들을 안일하게 만들어 버렸지."

"다들 아니라고 하는데 왜 자네만 그렇다고 하는 건가? 자네 예상이 틀릴 수도 있잖아?"

"나도 내가 틀렸길 바라네. 하지만 징후는 속일 수가 없어. 틀림없이 번천의 날이 올 거야. 만약 그날이 되풀이된다면 세상이 어떻게 변할 것 같나?"

"그걸 누가 알 수 있겠나? 그래서 자네가 찾은 방도가 흡혈귀인가?"

"마계혈을 막을 술법과 부적은 이미 준비했네. 하지만 마기가 너무 강해서 아무리 뛰어난 호신법을 펼쳐도 살아서 마계혈까지 가는 건 불가능하지. 도무진을 준비시킨 건 그 때문이네."

"흡혈귀의 생명력을 믿는 건가?"

"그것이 현재로써는 유일한 희망이야."

황선백은 목승탁을 잘 알고 있었다. 비록 그를 배신하기는 했지만 이런 식으로 거짓말을 할 위인은 아니었다.

"왜였나? 성녀 때문에 날 죽이려고 했나?"

그러리라 확신하지만 목승탁의 입으로 사실을 듣고 싶었다.

"자네처럼 나도 성녀를 마음에 두고 있었다는 걸 부인하지는 않겠네. 하지만 그때의 일은 정말 실수였네. 내가 정말 여인 때문에 자네를 죽이려고 했겠나?"

"아니면 다른 이유가 있었겠지. 내가 죽을 뻔한 해에만 네 명의 성자가 더 목숨을 잃었네. 이게 다 우연이라는 건가?"

"그런 일이 왜 일어났는지 나도 모르겠네. 우리에게는 가장 비극적인 해였지."

침통한 표정의 목승탁을 보며 황선백은 혼란스러웠다. 화신으로 불리는 저 인간은 교활함과는 거리가 멀었다. 오히려 너무 강직해서 다른 성인들의 우려를 사고는 했다.

그런 목승탁의 배신이었기에 황선백의 상처가 더 컸는지도 모른다. 그런데 지금 목승탁의 모습은 황선백이 기대하던 배신자의 얼굴이 아니었다.

대체 어떤 것이 진짜 목승탁의 모습인지 가늠하기 힘들었다. 표피는 변하지만 본질은 쉬이 바뀌지 않는 법이다.

정말 그의 오해였을까? 아니면 목승탁이 천변만화의 성격을 가지게 되었을까? 황선백의 의문 속으로 목승탁의 음성이 파고들었다.

"자네가 진정 내게 원한을 갚고 싶다면 내가 마계혈을 막을 때까지만 기다려 주게. 내가 만약 살아난다면 기꺼이 자네에게 내 목숨을 맡기겠네."

목승탁의 지금 말이 진심이라면 그의 말 전체가 진실할 가능성이 높았다. 그러니 지금 해야 할 결정은 간단하다.

원한을 그대로 가진 채 목승탁이 가증스러운 거짓말을 하고 있다고 믿든, 오해에서 비롯된 미움을 오랫동안 가지고 있었다는 걸 인정하든지.

하지만 후자를 택하기에는 그동안 짊어지고 온 원한의 무게가 너무 무거웠다. 그의 삶 전체를 짓무르게 하면서 또한 살아갈 힘이었던 원한은 쉽게 떨쳐 버릴 수 있는 게 아니었다.

"좋아. 자네가 원하는 도무진의 해독약을 주지."

"정말인가?"

"물론. 예전이나 지금이나 난 한 번 뱉은 말은 반드시 지키는 사람이니까."

"원하는 게 있겠군."

"자네의 말이 진실이라면 내게 자네의 목숨을 담보로 맡길 수 있겠지. 어차피 마계혈을 막는 것으로 생을 마감할 테니까."

"그게 무슨 말인가?"

"자네의 원정(原精)을 내놓게."

목승탁의 눈이 부릅떠졌다.

"내 원정을? 그게 가당키나 한 소린가? 그게 없으면 내가 어찌 마계혈을 막을 수 있단 말인가?"

원정은 그들이 내는 힘의 원천이었다. 오백 년 전 번천의 그날, 그들 몸에 날아와 극심한 고통과 함께 받은 힘의 근원. 회생의 법은 그 원정을 새로운 육체에 옮겨 적응시키는 과정이었다.

그러니 원정은 성자들의 모든 것이라 할 수 있는데 그걸 내놓으라고 하는 건 어불성설이었다.

"물론 모두를 원하는 건 아니네. 자네가 마계혈을 막을 수 있을 만한 힘은 남겨놓아야지."

"설마 원정을 분리하겠다고?"

"힘과 생명력. 그중 자네에게 필요한 건 힘이지 생명력은 아니니까."

"내가 옮겨갈 육체가 흡혈귀라는 걸 잊었는가?"

"물론 생명력을 내놓더라도 영원히 살 수는 있겠지. 하지만 죽음의 쉽고 어려움은 있지. 화신과 흡혈귀의 생명력 중 어떤 것이 더 강할까?"

흡혈귀의 질긴 생명력은 특별한 상황에서 유효하다. 그러나 만약 흡혈귀와 화신 둘 중 하나를 죽여야 한다면 답은 명확하다. 위대한 칠 인의 성자에 감히 흡혈귀를 견줄 수는 없는 것이다.

"어떻게 할 텐가?"

목승탁의 대답은 오래지 않아 나왔다.

"좋아. 그렇게 하지."

황선백은 제안을 하면서도 목승탁이 승낙할 거라고 생각하지 않았다. 성자에게 원정은 곧 목숨이다. 그런데 목승탁은 별 고민도 없이 황선백의 제안을 받아들였다.

"거래는 어떤 식으로 할까?"

황선백의 물음에 목승탁이 대답했다.

"내가 도무진을 데리고 오면 그때 시작하기로 하지."

"속임수는 없는 게 좋을 거네. 두 번 당하지는 않을 테니까."

"우리 둘 모두 후회하지 않을 것이네. 다시 여기로 오면 되나?"

"기다리지."

제20장
사우영

　손수민은 기억을 더듬고 더듬어서 안휘성 와양현(臥陽縣)
을 찾아갔다. 예전에 도무진이 스치듯 자신의 고향을 말했는
데 그 기억이 정확한지는 확신하지 못했다.

　그녀가 도무진의 고향을 찾은 이유는 흡혈귀에 관한 책에
서 반복적으로 나타나는 내용 때문이었다.

　ー최초의 흡혈귀 외에는 어떤 흡혈귀도 햇빛으로부터 자유로울 수
없다.

도무진이라는 예외를 알고 있었지만 모두의 확신은 그럴 만한 이유가 있을 것이다. 그러니 도무진이 어떻게 햇빛에도 멀쩡한지 그 이유를 밝혀보고 싶었다.

아울러 최초의 흡혈귀가 마지막으로 목격된 장소가 도무진의 고향이니 추적의 출발점으로는 나쁘지 않았다.

와양현은 꽤나 큰 성시였다. 질 좋은 비단이 나는 곳이었을 뿐더러 철광산이 인근에 있어서 언제나 많은 사람이 북적이는 곳이었다.

성시의 복잡함에 손수민은 암담함을 느꼈다. 그야말로 북경에서 왕 서방 찾는 격이었다. 뾰족한 방법이 없으니 무작정 부딪쳐 보기로 했다.

와양현 성시에 들어가 가장 먼저 보이는 철물점에 가서 도무진이란 이름을 댔다. 희박한 가능성대로 주인은 귀찮다는 표정을 지으며 고개를 저었다.

그렇게 다섯 개의 가게를 돈 후 질문 방법을 달리했다. 도무진의 이름은 몰라도 이십 년 전 일어난 희귀한 사건을 기억하는 사람이 있을지도 모른다.

일가족이 흡혈귀에게 살해당했고 그중 한 명은 실종 처리되었을 테니 이 지역 토박이면 알고 있을 가능성도 있었다.

그래서 질문이 길어졌다. 첫 번째 식당 주인에게는 밥 안 먹으려면 나가라는 축객령을 들었고 두 번째 옷가게 주인은 그녀의 말 중간에 연신 이 옷 저 옷을 대보며 잘 어울린다면서 강매를 하려고 했다.

여섯 번째 가게인 잡화점에 들러서야 소정의 소득을 올릴 수 있었다.

"물건 사면 알 만한 사람을 알려주지."

인심 야박한 동네였다. 손수민은 쓸모도 없는 머리 장식을 산 후에야 동안로(東安路)에서 비단 가게를 하고 있는 장모익(張模益)이라는 사람을 소개받았다.

오 대째 와양현에 살고 있는 토박이로 누구 집 숟가락이 몇 개인지조차 꿰뚫고 있는 사람이라고 했다.

'가면 비단 한 필 사라고 할 것 같은데……'

가지고 있는 돈을 탈탈 털어야 할지도 모른다는 생각을 했다. 잡화점 주인이 알려준 곳은 꽤 복잡한 시장 안이었다.

말을 탄 사람들, 짐을 실은 우마차, 등짐을 진 상인들, 행인들이 한데 뒤엉켜서 사람들과 부딪치지 않고서는 한 걸음도 나아가기 힘들었다.

겨우겨우 장모익이 경영하는 비단 가게인 와양비단점에 도착해서 장모익을 찾았지만 점원의 출타 중이라는 간단한 대답만 들었다. 언제 돌아오느냐는 물음에 역시 모른다는 퉁명스러운 말투가 돌아왔다.

워낙 바쁜 시간이라 여덟 명이나 되는 직원 중 누구 하나 그녀에게 살갑게 대해주는 이가 없었다. 손수민은 하는 수 없이 가게 한쪽에서 비 맞은 개처럼 불쌍하게 장모익이 돌아올 때까지 기다렸다.

하품을 열댓 번이나 하며 두 시진을 그렇게 기다리고 나서야 직원들이 모두 허리를 숙이는 초로의 사내를 만날 수 있었다.

작은 키에 허름한 옷을 입고 볼품없는 수염을 기른 장모익은 화양현에서 가장 큰 규모의 비단점을 운영하는 것과는 거리가 먼 외모를 가지고 있었다.

"젊은 아가씨가 무슨 일이신가?"

직원들과는 다르게 장모익은 제법 친절하게 물었다. 손수민은 이십 년 전 도무진에게 있었던 사건을 물었고, 장모익은 잠시도 지체하지 않고 고개를 끄덕였다.

"그 사건을 잊을 수가 없지. 개인적인 친분은 없었지만 당시 도씨 집안 장남이 기재여서 곧 과거에 붙을 거라고 소문이 났었으니까. 일가족이 그런 참변을 당한 건 꽤나 큰 화젯거리였지. 그런데 아가씨가 한 가지 잘못 알고 있는 게 있군."

"제가 잘못 알다니요?"

"장남은 실종되었을 거라고 했는데 당시 실종된 사람은 없어. 일가족 네 명이 모두 몰살을 당했지."

손수민은 사람들에게 그리 알려졌을 수도 있다고 생각했다. 도무진은 일단 죽은 것으로 알려지고 나중에 흡혈귀로 되살아났을 수도 있으니 말이다.

"저기 보이는 동창산(東昌山) 중턱에 아직 그 일가족 묘가 나란히 있을 거야. 그 집 부모가 아직 이 현에 살고 있어서 관리를 하고 있지."

"그 후에는 별달리 이상한 점이 없었나요?"

"피가 모두 없어져 죽은 사건보다 이상한 사건이 어디 있겠나? 사실 나도 그때 가서 슬쩍 구경을 했었는데 정말 끔찍하더군. 네 구의 시체가 목내이처럼 비쩍 말랐는데 죽은 지세 달은 된 것 같았다니까."

손수민은 이상함을 느꼈다. 흡혈귀가 다른 흡혈귀를 만들기 위해서는 피를 모두 마셔 버리면 안 된다. 아직 숨이 붙어 있어야만 흡혈귀로의 탄생이 가능하기 때문이다.

"정말 네 사람 모두 피 한 방울 없었다고요? 도무진도요?"

장모익은 이상하다는 표정으로 물었다.

"그런데 그 사건에 왜 그리 꼬치꼬치 캐묻는 거지?"

"사정이 있어서요."

"그 사정 먼저 들어볼까?"

얘기해 줄 수 있는 사안이 아니었다. 우물쭈물하던 손수민은 품에서 재빨리 만민수호문의 문도라는 신분패를 꺼냈다.

촌무지렁이라면 모를까 이런 성시에서 큰 장사를 하는 장모익이 만민수호문의 신분패를 모를 리가 없었다.

전혀 예상 못 한 손수민의 신분에 깜짝 놀란 장모익은 삐딱하게 앉은 자세부터 바로잡았다.

"그랬지… 요. 분명 도무진도 당시 삐쩍 말라 죽었지요. 이 두 눈으로 똑똑히 보았고 지금도 기억이 생생합니다."

말투까지 깍듯한 공대로 바뀌었다.

'이건 말이 안 되는데?'

죽은 도무진이 어떻게 흡혈귀로 환생할 수 있었단 말인가? 손수민은 세 번이나 도무진이 확실했냐는 질문을 했고 장모익은 마지막에는 자신의 손목도 걸 수 있다고 확답을 했다.

장모익을 만난 후 손수민은 혼란에 빠졌다. 최초의 흡혈귀는 특별한 능력이 있어서 완전히 죽인 후에도 흡혈귀로 환생하게 만들 수 있는지도 모른다.

하지만 도무진에게 일어난 모든 일이 지금까지 연구되어 온 흡혈귀에 대한 상식을 모두 뒤집어 버린 건 쉽게 납득하기 힘들었다. 복잡한 시장의 길가에서 한참 고민을 하던 손수민은 장모익에게 다시 가서 도무진이 묻힌 위치를 정확히 안 후 철문짐에 가서 삽을 샀다.

자신의 눈으로 직접 확인을 하기 위해서였다. 그 묘에 시체가 없다면 도무진이 흡혈귀로 환생한 게 되지만 만약 시체가 있다면 설명할 수 없는 상황에 놓이게 된다. 최초의 흡혈귀가 그곳에 도무진 대신 다른 사람을 묻어놓는 번거로운 짓을 했을 리가 없기 때문이다.

동창산은 다행히 경사가 완만했고 길도 잘 만들어져 있었다. 허락도 없이 남의 묘를 파는 게 마음에 걸리기는 했으나, 허락을 구한다고 해줄 리가 만무했기에 어쩔 수가 없었다.

그녀가 묘에 첫 삽을 꽂을 때는 해가 뉘엿뉘엿 지고 있을 시간이었다. 서두르면 해 지기 전에 도무진의 묘를 확인하고 내려갈 수 있을 줄 알았는데 땅 파는 일을 너무 쉽게 생각한 그녀의 계산 착오였다.

땀을 뻘뻘 흘리며 반 시진을 팠는데도 겨우 한 자 남짓 팠을 뿐이다. 그사이 해는 서산에 반쯤 걸쳐서 꼼짝없이 묘를 파며 밤을 맞이하게 되었다.

그렇다고 내일 다시 올 수는 없는 노릇, 그녀는 손에 물집이 생길 정도로 열심히 삽질을 했다. 어둠이 완전히 내려앉기는 했지만 시야가 적응을 했고 마침 달도 밝았다.

산중에서 홀로, 그것도 묘를 파고 있는 것에 대한 두려움을 참아내기 위해 이를 악물어야 했다. 육체의 피곤함이 어느 정도는 두려움을 상쇄시켜 주었다.

가쁜 숨을 몰아쉬며 열심히 삽질을 한 끝에 삽에 딱딱한 뭔가가 걸렸다. 흙을 살살 헤치자 기대대로 나무로 만든 판자가 드러났다.

한 걸음 옆으로 옮겨 흙을 걷어내려 할 때 발밑에서 우지직하는 소리가 들리더니 땅이 푹 꺼졌다. 오랜 세월 삭을 대로 삭은 나무판자가 손수민의 무게를 못 이기고 주저앉아 버렸다.

짧은 비명과 함께 엉덩방아를 찧은 그녀는 손에 딱딱한 무언가가 잡힌 것을 느끼고 슬그머니 시선을 내렸다. 손수민의 손에 닿은 것은 해골이었다.

"히익!"

황급히 손을 떼고 일어서려다가 중심을 잃고 다시 넘어졌다. 판자가 부서지면서 뿌연 먼지와 함께 요란한 소리가 터졌다.

"콜록! 콜록!"

손수민은 기침을 토하면서 침착해지자고 스스로에게 계속 말했다. 먼지가 사라질 때쯤 그녀의 흥분도 가라앉았다. 그녀는 무서움을 꾹 참고 해골을 확인했다. 흙이 묻어 더러워진 저 해골이 도무진의 것이라는 증거는 없었다.

하지만 도무진의 묘에 해골이 있다는 건 확실히 이 상황에서 맞지 않았다.

"오라버니에게 물어보면 알 수 있을까?'

지금 생각나는 사람은 도무진밖에 없었다. 최초의 흡혈귀
의 혼적을 발견할 거라는 기대를 가지고 온 길에 의문만 하나
늘었을 뿐이다.

"누군지 모르지만 영면을 방해해서 죄송합니다."

해골을 향해 합장을 한 손수민은 힘겹게 무덤을 빠져나왔
다. 그녀가 삽을 들고 막 흙을 메우려고 할 때 갑자기 뒤통수
에 충격이 오며 세상이 핑그르르 돌아갔다.

'역시 밤의 산은 위험해.'

정신을 잃으며 마지막으로 든 생각이었다.

*　　　*　　　*

천혈동은 단지 많은 동굴 때문에 붙은 이름인 줄 알았다.
그런데 막상 눈앞에 두자 거대한 절벽에 숭숭 뚫린 구멍은 정
말 천 개는 될 것 같았다.

절벽의 폭은 삼백 장 정도 되었고 높이는 족히 백 장은 넘
어 보였다. 천혈동만 오면 노리를 찾을 수 있을 줄 알았는데
저 많은 동굴을 모두 뒤져야 한다면 한 달은 걸릴 것 같았
다.

도무진이 난감한 표정으로 콧등을 긁적였다.

"어디서부터 찾지?"

"왼쪽 아래부터."

조설화의 자신감 넘치는 대답에 도무진이 물었다.

"이유는?"

"어디서부터든 시작은 해야 하니까."

그렇기는 하다. 제발 동굴들이 미로처럼 얽히지 않았기를 바랄 뿐이다. 숲을 나와 황토색 바위 지대를 이십 장 정도 지나면 십 장 높이의 경사진 턱이 나왔고 그 턱을 올라가면 가장 아래쪽의 동굴로 들어갈 수 있었다.

턱을 올라간 그들이 절벽 왼쪽으로 이동하고 있을 때 위에서 긴 휘파람 소리가 들렸다. 고개를 들자 절벽 중간쯤의 동굴에 누군가 보였다.

아래에서 본 탓에 정확한 생김새는 알 수 없지만 키가 작고 지팡이를 짚은 것만은 분명했다.

"이쪽이요."

칼칼한 쇳소리가 나는 음성은 꽤나 나이를 먹은 것 같았다. 막막한 곳에서 단서가 스스로 나타났으니 반가워해야 하지만 한 치 앞을 예측하기 힘든 곳이니 마냥 반길 수만도 없었다.

"어떻게 할까?"

조설화의 물음에 도무진이 대답했다.

"초대를 받았으니 응해야지."

동굴의 넓이를 보니 수혼도 충분히 들어갈 수 있을 정도로 넓었다.

"올라갈 수 있겠냐?"

당연한 걸 묻는다는 듯 투레질을 한 수혼은 힘껏 땅을 박찼다. 첫 동굴의 입구에 앞다리를 걸칠 때 긴 발톱이 튀어나왔다. 단단한 절벽을 두부처럼 파고든 발톱은 모두의 무게를 지탱하는 데 부족함이 없었다.

수혼은 그렇게 세 명을 태우고 수직의 절벽을 거침없이 올라갔다. 노인이 있었던 동굴에 들어서자 비로소 초대한 자의 모습을 확인할 수 있었다.

키는 고작 네 자에 불과했고 지팡이를 들었다. 그리고 사람이 아니었다. 발등까지 오는 장포를 입었지만 드러난 모든 곳은 털로 덮여 있었으며 모습은 영락없는 너구리였다.

"노리?"

조설화의 짧은 물음에 노리는 끌끌 웃음을 흘렸다.

"내가 노리가 아니면 무엇이겠소? 가십시다. 먼 길을 오셨을 테니 편한 자리로 안내하리다."

그들은 힘들게 노리를 찾을 줄 알았는데 노리는 이미 그들이 오는 것을 알고 있었다.

동굴은 습기 한 점 없이 건조했다. 벽 곳곳에 횃불이 밝혀져 있어서 어둡지도 않았다. 이십 장 정도를 들어가자 일부러 만들어놓은 것 같은 원형의 잘 정돈 된 공간이 나왔다.

가운데는 커다란 탁자가 있고 사방에는 책이 빽빽하게 꽂힌 책장이 놓여 있었다. 노리는 나무로 만든 의자를 가리켰다.

"잠시만 기다리시오."

노리는 향기 좋은 차를 만들어 각각의 앞에 내놓았다. 궁금한 것이 많았지만 도무진은 노리가 자리에 앉기를 기다렸다. 차 외에도 과일까지 깎아서 탁자 중앙에 놓은 후에야 노리는 의자에 앉았다. 다리가 짧아 발이 바닥에 닿지도 않았다.

도무진이 막 찾아온 용건을 꺼내려는데 노리가 갑자기 의자에서 뛰어내렸다.

"아참! 내 친구들도 있는데 깜빡 잊었구려. 잠시만 기다리시오."

노리는 벽에 붙여진 의자 두 개를 탁자 주변에 놓고 다시 차를 만들었다. 그때 밖에서 단단한 것이 벽을 긁는 소리가 들렸다. 긴장한 도무진은 무릎에 놓인 검 손잡이를 잡았고 조설화는 언제든 인호로 변신할 준비를 했다.

뭔가 불쑥 안으로 들어오더니 나뭇잎이 우수수 떨어졌다.

"젠장! 이곳은 너무 좁단 말이야. 그러게 내 집에서 만나자니까. 게으른 너구리 같으니라고."

등장한 것은 목인귀였다. 도무진이 본 목인귀 중 가장 작은 키를 가졌지만 타원형의 초록색 잎만은 가장 풍성했다.

"쿵! 그게게 살 좀 빼라고 하지 않았나. 쿵! 오호! 짠돌이 너구리가 귀한 화설차(花雪茶)를 내놓았군. 쿵!"

목인귀를 따라 들어선 자는 역시 사람 옷을 입고 있었지만 외양은 여우인 인호였다. 목소리로 보아 꽤나 늙었고 성별은 남자였다. 인호의 구 할 이상이 여성이고 보면 남자 인호는 정말 귀한 존재였다.

그런데 인호를 본 조설화가 깜짝 놀라서 일어섰다.

"현연호(賢延狐) 님 아니세요?"

현연호가 묻는 조설화를 보더니 시큰둥한 표정을 지었다.

"자네가 칠미호 조설화로군. 쿵! 실망했어. 실망했어. 쿵쿵!"

실망이 컸던 듯 같은 말을 두 번이나 반복했고 콧방귀도 두 번이나 꿰었다.

눈치 빠른 조설화는 즉시 사과를 했다.

"어르신을 찾아가지 않아 죄송합니다. 워낙 찾기 힘든 분이다 보니 어쩔 수가 없었네요."

노리가 혀를 끌끌 차며 현연호에게 핀잔을 줬다.

"쯧쯧… 늙어 죽어가는 마당에 질투는."

"쿵! 이놈아. 너 죽고도 나는 족히 백 년은 쿵! 더 살 거다. 쿵! 그나저나… 쿵!"

현연호의 시선이 여소영에게 머물렀다.

"네 딸이냐?"

"그렇습니다."

"쿵! 인호의 자식은 언제나 축복이지. 쿵!"

여러 가지 환담이 오고가는 화기애애한 분위기였다. 위험이 느껴지지 않는 상황은 나쁘지 않았으나 도무진은 용건으로 빨리 들어갔으면 하고 바랐다.

그래서 현연호가 쿵! 소리를 낸 직후 말을 꺼냈다.

"우리가 여길 찾아온 용건이 있는데······."

목인귀가 도무진의 말을 끊었다.

"알아. 우리가 이 좁은 동굴까지 온 이유도 그것이지. 네 정체성이 문제잖아."

"아닌데."

"아니야?"

도무진은 자신의 몸 상태에 대해 설명을 했다. 그리고 몸을 낮게 할 수 있겠느냐고 물었다. 현연호와 목인귀는 어리둥절한 얼굴로 노리를 봤다.

"우리가 천기(天氣)를 잘못 읽은 건가?"

노리가 말했다.

"저 양반의 신체 변화가 천기에 나타날 리가 없지. 그건 지극히 개인적인 상황이니까."

"쿵! 하지만 쿵! 흡혈귀가 이 세상의 운명을 쥐고 있다는 쿵! 천기가 나왔으니 개인적인 문제만은 아니지. 쿵!"

"그게 무슨 말이지? 내가 세상의 운명을 쥐고 있다니?"

도무진의 물음에 목인귀가 대답했다.

"자네에게는 두 개의 운명이 공존하고 있네. 그것이 뭔지는 묻지 말게. 우리도 알지 못하니까. 어쨌든 그 두 개의 운명 중 하나가 세상의 운명과 묶여 있네."

도무진으로서는 도통 알아들을 수 없는 설명이었다.

"저 말을 내가 이해할 수 있도록 풀어줄 수 있는 이는 없나?"

노리가 말했다.

"세상은 곧 커다란 혼돈에 빠질 것이오. 천멸성(天滅星)이 북극성(北極星)을 삼키려 하는데 북극성을 지켜야 할 수명성(守明星)은 점점 그 힘을 잃고 있소. 여기서 가까운 곳에서 흘러나오는 마기는 세해귀들을 점점 흉포하게 만들고, 땅의 기운은 쇠락해지는 것이 느껴질 정도요. 하늘과 땅이 모두 생명을 잃어간다는 건 곧 세상이 감당할 수 없는 환란이 일어난다는 의미요."

"그러니까 세상의 환란을 막을 수 있는 자가 바로 나란 말인가?"

"쿵! 우리 셋의 점괘가 모두 너 쿵! 어둠의 성자를 가리키고 있긴 하다만 쿵! 정확히 네가 세상을 구할 자라는 뜻은 아니다. 쿵!"

도무진은 고개를 절레절레 흔들었다.

"보아하니 당신들 점괘의 뜻을 당신들도 모르는 것 같군."

"쿵! 우리도 이런 이상함 점괘는 처음이다. 그래서 한 자리에 모여 쿵! 널 기다린 것이지. 쿵! 관상을 보면 좀 알 수 있을까 해서. 쿵!"

"내 관상이 어떤데?"

"쿵! 웃기는 관상이지 않은가? 쿵!"

현연호의 물음에 노리는 고개를 끄덕였고 목인귀는 나뭇가지로 옹이처럼 생긴 입 주변을 긁적였다.

"그러게. 흡혈귀에게 요절할 상이 나온 건 처음이군."

"요절할 상이라기보다는 사자(死者)의 상이라는 말이 맞겠지. 죽었어도 벌써 죽었어야 했는데."

목인귀와 노리가 번갈아가며 그렇게 말하자 도무진은 코웃음을 쳤다.

"관상은 제대로 봤군. 이십 년 전에 이미 죽었으니까."

"그건 아니오. 당신은 흡혈귀가 된 시점을 죽음으로 단정하지만 흡혈귀 또한 엄연한 생물이오. 그가 살아가면서 바꾼 사람과 세상을 보고도 흡혈귀를 이미 죽은 자라고 말할 수 있겠소? 그대 곁에 앉아 있는 조설화 모녀와의 인연은 무엇으로 설명하겠소? 어떤 존재의 가치는 사람이라서가 아니라 그가 하는 행동에 의해 결정되는 것이오."

노리의 말이 이어지는 동안 조설화는 온기 없는 도무진의 손을 꼭 쥐었다. 그녀의 체온은 당신은 죽은 자가 아니라 살아서 내 곁에 있다는 걸 알려주는 것 같았다.

"당신들이 말하는 나는 이미 죽은 사람이면서 살아 있고 그런 내가 세상의 멸망을 막을 수도 있고 아닐 수도 있다는 건데. 명확한 게 단 한 가지라도 있는 건가? 대체 난 누군데?"

*　　　*　　　*

손수민이 정신을 차린 곳은 사냥꾼의 오두막 같은 공간이었다. 하지만 오래 사용하지 않은 듯, 벽에 걸린 사냥 도구들에 가득한 거미줄이 촛불의 움직임에 이리저리 흔들렸다.

뒤통수에 충격을 받고 정신을 잃었는데 두통도 없었고 이제 막 깨어난 것 같지 않게 정신이 맑았다.

그녀는 자신이 낡은 침상에 누워 있다는 것을 깨닫고 몸을 일으켰다. 다리를 침상 밖으로 내려놓던 손수민은 문 바로 앞에 놓인 의자에 앉은 사람을 발견하고 움직임을 멈췄다.

눈을 가늘게 뜨고 자세히 살핀 후에야 수염을 덥수룩하게 기른 중년인이라는 걸 알아봤다. 커다란 눈에 두툼한 입술을 가진 사내답게 생긴 사람이었다.

"결국 그렇게 되었단 말이지?"

사내의 굵은 목소리는 마치 그녀에게 묻는 것 같았다.

"네? 뭐가요? 아니, 당신은 누구죠? 왜 절 납치한 거예요?"

그녀는 뒤늦게 자신의 옷차림을 살폈다. 다행히 중년인이 선우연 같은 짓을 한 것 같지는 않았다.

"넌 정녕 그분을 위해 목숨을 걸 수 있느냐?"

"그분이라니요?"

"네가 도무진이라고 알고 있는 그분 말이다."

"오라버니를 알고 있나요?"

"넌 내게 모든 것을 얘기했다. 물론 넌 기억하지 못하겠지만."

또 무의식 상태에서 누군가에게 조종을 당했다. 그것이 그녀를 분노하게 만들었다. 손수민은 벌떡 일어서며 소리쳤다.

"당신이 뭔데 마음대로 날 조종한 거죠?"

"응? 아니, 그렇게 화를 낼 일은 아니고. 그냥 시간을 절약하기 위해서……."

"당신이 편하기만 하면 난 어떻게 돼도 상관없다는 건가요?"

"어… 어떻게 되긴. 몸을 살펴봐. 아무 일도 없잖아."

"내가 의식 없이 타인에게 조종당했다는 게 내게는 치욕스러운 일이에요! 당신이 이런 내 기분을 알기나 해요?"

"뭐… 그게 그렇게 기분 나빴다면 내가 사과하지. 하지만 나쁜 뜻은 없었어. 난 그저 솔직한 네 얘기를 듣고 싶었을 뿐이니까."

"앞으로 솔직한 얘기를 듣고 싶다면 그냥 물어보세요!"

"그… 그러지."

손수민의 호통에 쩔쩔매는 사내를 보며 나쁜 사람 같지 않다는 인상을 받았다.

"그런데 내가 알고 있는 도무진이라는 게 무슨 뜻이에요? 그럼 원래 도무진이 아니라는 건가요?"

"도무진은 네 눈으로 확인을 했잖느냐?"

"무덤에 있는 해골이 정말 도무진이라고요? 그럼 지금 도무진은 누구죠?"

*　　　*　　　*

"우리가 말해줄 수 있는 건 네 안에 또 다른 네가 있다는 것뿐이다. 그게 누군지는 네가 알아내야 할 몫이지."

목인귀의 말은 도무진에게 하등 도움이 되지 않았다.

"도움을 받으려고 왔더니 문제만 안겨주는군."

"우리가 그대를 기다린 것은 한 가지를 선물하기 위해서요. 당신 개인에게뿐만 아니라 이 세상을 살아가는 모든 자에 대한 선물이기도 하겠지요."

노리는 일어서서 밖으로 나갔다. 또각또각 이어지는 지팡이 짚는 소리가 멀어지더니 이윽고 들리지 않은 것으로 보아 꽤 멀리 간 모양이다.

"쿵! 지금 우리가 주는 것은 흡혈귀가 받을 수 있는 가장 큰 선물이다. 쿵!"

"내게 주는 게 있으면 바라는 것도 있을 텐데?"

"쿵! 네 운명을 거스르지 않는 것. 쿵! 그것이면 족하다. 쿵!"

"아무도 내 운명을 모르는 것 같은데 순응하는지 거스르는지 어떻게 알까?"

목인귀가 말했다.

"그때가 되면 자연히 알게 될 것이네. 마음이 움직이는 곳이 곧 운명의 길일 테니까."

지팡이 소리가 들렸다. 돌아온 노리의 손에는 검은색 상자가 들려 있었다. 가로세로 한 자에 반 뼘 정도 높이의 상자는 옻칠을 한 것처럼 반들거렸다.

탁자 위에 상자를 내려놓은 노리가 말했다.

"이것은 사우영(四字靈)이라는 것이오. 번천의 날 주인을 찾지 못한 영기(靈氣)가 잠들어 있는 그릇이지요."

노리는 말을 하면서 상자 뚜껑을 열었다. 큰 상자 안에는 다시 네 개의 작은 상자가 같은 크기로 들어 있었다.

"왜 사우영이라는 물건은 주인을 찾지 못한 거지?"

"그것이 사우영의 문제지요. 짐작컨대 원래 주인을 못 찾은 건 아닐 것이오. 아마 사우영이 깃든 주인이 모두 죽었을 가능성이 높소."

"주인을 죽이는 영기라. 선물이 아니라 저주로군."

"사우영이 머문 영체가 너무 약했기 때문이오. 하지만 당신이라면 가능할 거라 생각하오."

"내가 질긴 생명력을 가진 흡혈귀이기 때문에?"

"그렇소. 사우영이 신체에 자리 잡을 때까지 버틸 수 있는 육체는 흡혈귀밖에 없소."

도무진은 상자를 가리키며 물었다.

"만약 사우영이 내 몸에 자리 잡는다고 치고, 그 물건들의 효용은?"

"무기이며 방어구이며 지혜요."

"말을 쉽게 하면 명이 짧아지기라도 하는 건가?"

"자세히 설명하고 싶어도 할 수 없는 것이, 한 번도 사우영의 발현을 본 적이 없기 때문에 우리도 알 수 없소. 우린 그저 이것들을 발견해서 가지고 있던 보관자일 뿐이오."

"모든 게 모호하군."

"쿵! 번천의 날 이후 나온 어떤 세해귀보다 강력한 존재가 사우영이다. 쿵! 어쩌면 현 칠 인의 성자보다 강할지도 모르지. 쿵! 그래서 주인을 찾기가 쿵! 그렇게 힘든 것이다. 쿵!"

"칠 인의 성자보다 강하다고?"

목인귀가 말했다.

"예상은 예상일 뿐이지. 발현되지 않은 강함을 누가 알 수 있겠나?"

현연호가 반박했다.

"쿵! 사우영에서 나오는 영기를 느낄 수 있지 않은가? 쿵 쿵! 우리 셋의 힘을 합쳐 놓은 것보다 더 강한 영기가 쿵! 이 하나에서 흘러나오고 있는데. 쿵! 솔직히 난 저 흡혈귀가 사우영의 영기를 감당할 수 있을지 쿵! 지금도 자신할 수 없네. 쿵!"

"우리는 천기와 법기(法氣)가 가리키는 길을 따라갈 뿐이네."

노리의 말에 현연호는 연신 콧방귀를 뀌었다.

"쿵! 쿵! 어쨌든 난 마음에 안 들어."

목인귀가 말했다.

"우리의 의지가 어떻든 결정할 이는 따로 있지."

모두의 시선이 도무진에게로 향했다.

"내가 이 세상의 홍망을 좌우할 운명이라는 건 믿지 않아. 하지만 강해질 수 있다니 사우영이라는 건 마음에 드는군."

조설화가 걱정스러운 표정으로 말했다.

"하지만 당신 몸이 정상이 아니잖아. 들어보니 사우영은 신체에 심대한 타격을 입히는 것 같은데 지금 몸으로 견딜 수 있을 리가 없잖아?"

"쿵! 지금은 견딜 수 있겠지. 쿵!"

"그게 무슨 말씀이세요?"

"쿵! 몸 안에 사우영이 스며들 때도 상당한 충격을 받지만 완성될 때의 충격에 비하면 아무것도 아니다. 쿵!"

"또 뭔가가 있단 말인가요?"

목인귀가 대답했다.

"일 차로 사우영을 견뎌서 몸이 받아들이면 다음에는 네 곳의 성지로 찾아가야 하네. 그곳이 비로소 사우영이 완성되는 곳이지."

"결국 내 몸이 완전하지 않으면 사우영은 날 죽이는 물건이 되겠군."

도무진의 말에 노리나 현연호, 목인귀 모두 난감한 표정을 지었다.

"쿵! 뭐라고 단언할 수가 없다. 쿵!"

"자네 몸을 고칠 수 있는 방법이 우리에게 있었으면 좋겠군."

"운명이 정해놓은 길을 믿고 따라가 보시오."

능력이 없어서 안타깝고 운에 맡기라는 말과 다름없었다. 선물이라고 하더니 점점 사약으로 바뀌어가는 분위기였다.

도무진은 자리에서 일어섰다.

"별 소득이 없는 길이었군."

몸을 정상으로 돌리는 것에 목숨을 걸라면 얼마든지 그럴 수 있었다. 하지만 지금보다 더 강해지는 것에 목숨을 거는 것은 과욕이다.

치명적인 약점을 가지고 강해져 봤자 지금보다 나아질 것이 없기 때문이다. 노리가 의자에서 껑충 뛰어내리며 말했다.

"다시 생각해 보시오. 사우영은 어둠의 성자에게 운명과 같은 것이오."

도무진은 네 개의 상자에 손을 대고 말했다.

"난 애초에 운명 같은 건 믿지도 않고, 설사 그런 게 있다고 해도 이 상자가 내 운명일 것 같지는 않군."

그런데 도무진의 손이 닿자 갑자기 상자가 부르르 떨렸다. 그와 동시에 얼음으로 만든 수백 개의 바늘이 뇌를 건드리는 느낌이 전해졌다. 당연히 고통스러워야 하는데 전혀 그렇지 않고 오히려 익숙하다는 감각이었다.

도무진이 손을 떼자 상자들의 떨림도 멈췄다.

노리와 현연호, 목인귀는 어리둥절한 얼굴로 도무진을 봤다.

"어떻게 된 거지? 우리가 근 삼백 년을 보관하는 동안 어떤 변화도 없었는데."

"쿵! 뭔가 있는 거야. 뭔가 있어. 쿵쿵!"

노리가 도무진에게 말했다.

"이미 연결된 운명의 끈을 억지로 외면하지 마시오. 사우영은 어둠의 성자를 알아본 것이오."

도무진은 고개를 저었다.

"설사 뭔가 있다고 해도 지금은 사우영을 받아들일 때가 아니야. 내 몸을 고치는 게 먼저지."

"당신을 이곳으로 이끈 지금이 그때요. 부디 거부하지 마시오."

하지만 도무진은 몸을 돌렸다. 몸을 고치기 전에 괜한 위험을 자초할 필요는 없었다.

"오오… 이럴 수가!"

뒤에서 들린 목인귀의 감탄 어린 목소리에 고개를 돌렸다. 상자는 어느새 가루가 되어 사라졌고 네 개의 빛나는 구슬이 탁자 위 한 자 높이에 둥둥 떠 있었다.

청색과 붉은색, 노란색과 하얀색의 구슬은 완벽한 사각형을 이뤄서 빙글빙글 돌았다. 도무진이 그런 구슬을 향해 몸을 돌릴 때였다.

갑자기 네 개의 구슬이 도무진을 향해 쏘아졌다.

*　　　*　　　*

굳게 닫힌 창문을 열자 빛이 쏟아졌다. 손수민의 움직임에 놀란 먼지들이 빛 가운데서 이리저리 날아다녔다.

"당신 말이 사실이라면 증명해 보세요."

자신을 황동필(黃東必)이라고 밝힌 사내는 굵은 침을 삼키더니 빛 속으로 손을 집어넣었다. 단지 손끝이 빛의 가장자리에 닿았을 뿐이다. 그런데 하얀 연기와 함께 손끝에서 화르륵 불꽃이 일었다.

잔뜩 일그러진 얼굴의 황동필은 황급히 손을 어둠 속으로 옮겼다. 손등까지 번진 부글부글 끓어오르는 기포는 한참 동안 가라앉지 않았다.

"정말 흡혈귀군요."

"송곳니를 보이는 것으로 증명을 할 걸 그랬군."

"송곳니야 다른 세해귀들한테도 흔하니까요."

"이젠 내 말을 믿는 건가?"

빛 속에 선 손수민은 팔짱을 끼고 깊은 고민에 빠졌다. 황동필이 아무리 진실되게 보이더라도 도무진에 관한 건 받아들이기 힘든 얘기였다.

"정말 오라버니를 죽여야 하나요? 정말 그 방법밖에 없는 거예요?"

"다른 길이 있다면 굳이 가장 위험한 길을 택하지는 않겠지."

손수민은 머리를 가로저었다.

"전 못 할 것 같아요. 어떻게 제 손으로 오라버니를 죽여요."

"나도 자네의 힘을 빌리지 않고 내 손으로 해결할 수 있으면 좋겠군. 하지만 만약의 경우는 생각해 둬야지. 내가 실패하면 자네가 유일한 희망이야."

부담감이 어깨를 짓눌러 그녀를 납작하게 만들 것 같았다.

"오라버니가 어디 계시는지는 알고 있나요?"

"난 언제나 그를 찾을 수 있네."

*　　　*　　　*

검에 손을 갖다 대는 그 짧은 순간에 네 개의 구슬은 이미 도무진의 지척에 닿았다. 그의 눈 한 치 앞에서 하얀 구슬이 멈췄다. 노란색은 오른쪽 팔꿈치에, 붉은색은 명치 앞에, 푸른색은 우측 무릎 즈음에 각각 한 치의 간격을 두고 자리했다.

도무진은 사우영이 몸에 닿으면 어떻게 될지 몰라 꼼짝도 하지 못했다. 미동도 못 하는 도무진 주위를 사우영이 천천히 돌기 시작했다. 마치 도무진을 탐색하는 것처럼 보였다.

"어떻게 해야 하지?"

노리가 대답했다.

"사우영에 손을 대보시오."

도무진은 가슴 둘레를 돌고 있는 붉은색 구슬에 손끝을 댔다. 순간 머리가 핑 돌면서 깊은 어둠 속으로 빨려 들어가는 기분을 느꼈다.

화들짝 놀라 손을 떼는 도무진에게 노리가 말했다.

"사우영을 받아들이지 않는 이상 이곳을 떠날 수 없을 것이오."

"쿵! 정말 사우영이 저 녀석을 원하고 있군. 신기한 일이야. 쿵! 신기한 일. 쿵!"

"천기와 법기가 이미 그렇게 일러줬는데 뭐가 신기하단 말인가."

목인귀의 말에 노리가 덧붙였다.

"이제 우리가 할 일을 해야 할 때로군."

도무진이 물었다.

"이걸 해결할 수는 있는 건가?"

"쿵! 우리가 할 수 있는 건 사우영을 네 몸 안에 집어넣는 것뿐이다. 쿵! 그 후의 결과는 네 몸이 견디느냐, 그렇지 못하느냐 하는 것이지. 쿵!"

"만약 못 견디면?"

"죽는 거지. 쿵!"

현연호의 대답이 너무 매정하게 들렸는지 노리가 이어서 말했다.

"운명이 정한 길이 그리 허무하게 끝날 리가 없소."

"쿵! 운명이 허무하다는 걸 이미 백 년 전에 경험했으면서……."

목인귀가 현연호의 말을 끊었다.

"시끄럽네. 천기와 법기만이 전부가 아니라는 건 우리 모두 잘 알고 있잖은가."

목인귀는 말길을 도무진에게 돌렸다.

"천기와 법기가 일치하고 그것이 운명으로 이어졌다 하더라도 어떨 때는 의지가 가장 중요할 수 있네. 자네가 사우영의 몸체라는 운명을 믿고 그 의지를 가지게. 그래야만 고난의 시간을 견딜 수 있을 것이야."

"썩 달갑지 않군."

"운명이 언제나 달콤한 과일 같을 수는 없소."

노리의 말은 사실이다. 운명이란 어떨 때는 인생에서 가장 가혹할 수도 있었다. 지금 몸 주변을 돌고 있는 사우영이란 운명은 달갑지는 않지만 도무진에게 가장 가혹하지는 않다. 그는 이미 흡혈귀라는 가장 가혹한 운명을 맞이했으니까.

"좋아. 이 이상한 것들을 받아들이지. 내가 어떻게 하면 되지?"

"당신이 할 것은 없소. 나머지는 우리의 일이고 당신에게 필요한 건 의지와 인내요. 날 따라오시오."

도무진은 노리를 따랐고 그 뒤를 현연호와 목인귀가 따라왔다. 조설화와 여소영, 수혼은 함께할 수 없는 자리였다.

구불구불한 동굴이 한참 이어졌다.

동굴 벽과 천장에 가지가 걸려 나뭇잎을 쉴 새 없이 떨어뜨리는 목인귀는 동굴이 좁다고 계속 투덜거렸다.

앞서가던 노리가 걸음을 멈추더니 동굴 왼쪽 벽을 두드렸다. 그러자 동굴 벽이 옆으로 밀리며 공간이 드러났다.

은밀하게 감춰진 벽 안쪽의 공간은 오십 평에 이를 정도로 넓었다. 그곳에는 횃불 대신 그 귀하다는 야명주 세 개가 어둠을 밀어내고 있었다.

그 외에는 흔한 탁자나 의자도 없이 텅 빈 공간뿐이었다.

노리는 방의 가운데를 지팡이로 가리켰다.

"저곳에 서시오."

도무진은 방 중앙으로 걸음을 옮겼다. 사우영은 한 치 간격을 두고 도무진 주변을 맴돌고 있었다. 노리와 현연호, 목인귀는 각각 네 장의 부적을 꺼내서 방 사면에 붙였다. 입으로는 끊임없이 무슨 주문을 외우는데 도무진으로서는 알아들을 수가 없었다.

문득 '저들을 믿어도 될까?' 라는 의심이 들었다. 보이는 건 호의였고 받은 인상도 선했다. 하지만 이면에 다른 얼굴을 가진 경우는 허다하다.

도무진이 의심의 바다에 한 발을 들여놨을 때 부적을 붙인 그들은 도무진을 가운데 두고 세 방향에 자리를 잡았다. 그들의 입에서는 여전히 알 수 없는 주문이 흘러나오고 있었다.

실낱처럼 가느다란 의심의 줄이라도 일단 잡으면 철사보다 튼튼하게 변하게 마련이다.

"잠깐! 이거 생각 좀 더 해봐야겠는데."

하지만 이미 시작한 그들의 술법은 멈춰지지 않았다.

도무진은 마음이 급해졌다.

"이봐! 이거 당장 멈춰!"

도무진은 노리를 향해 움직였다. 그런데 항상 그를 따라다니던 사우영이 이번에는 움직이지 않았다. 그래서 이마에 하얀빛을 내는 구슬이 부딪쳤다.

쩡! 하고 커다란 유리가 깨지는 것 같은 소리가 퍼졌다. 그것은 실제로 난 소리가 아니라 도무진의 머릿속에서 터진 울림 같은 것이었다. 순간적으로 세상이 하얗게 변하면서 뇌가 사라진 것 같은 기분을 느꼈다.

뭔가 잘못되었다는 생각이 들었다. 아무 의심 없이 이 상황까지 놓여 버린 자신이 한심하게 생각되었다. 탈출할 수 있는 돌파구를 마련해야 한다.

세상이 하얗게 변해서 한 치 앞도 볼 수 없었지만 도무진은 필사적으로 움직였다. 그가 허우적거리자 팔에 새로운 감각이 전해졌다.

노란색의 구슬에 부딪친 것 같은데 팔이 유리처럼 부서진 것 같았고 이후에는 아무 감각도 느낄 수 없었다.

"젠장! 멈춰! 멈추란 말이야!"

도무진이 발버둥 칠수록 주문을 읊는 소리는 높아졌다. 그러던 어느 순간 도무진은 몸이 붕 뜨는 것을 느꼈다. 평범한 힘밖에 가지지 못한 지금 할 수 있는 반항이야 허우적거리는 것밖에 없었다.

그 하찮은 반항조차 이내 허용되지 않았다. 무슨 짓을 당했는지 모르지만 온몸이 꽁꽁 묶인 것처럼 옴짝달싹할 수 없었다. 도무진은 고래고래 고함을 지르며 욕을 해댔다. 사방이

온통 하얀 방 안에서 소리만 질러대는 꼴이었다.

　그러던 어느 순간 몸이 아래로 가라앉았다. 과격하지 않게 천천히 내려진 도무진은 이내 바닥에 닿은 것을 느꼈다. 그리고 단숨에 하얀빛이 사라지더니 이내 본래의 세상이 눈에 들어왔다.

　야명주가 박힌 동굴의 천장이 보이고 시야 가장자리로 노리와 현연호, 목인귀가 들어왔다. 그들은 바닥에 누워 있는 도무진을 내려다보는 중이었다.

제21장
운명의 길

"이상한데?"

"쿵! 이럴 리가 없는데. 쿵!"

"고통스럽지 않소?"

마지막 노리의 질문을 받은 후에야 도무진은 몸을 일으켰다. 몸이 좀 뻐근하기는 하지만 그 외에 달라진 건 없었다. 주변을 돌던 사우영은 하나도 보이지 않았다.

"어떻게 된 거지?"

"쿵! 그건 우리가 묻고 싶은 것이다. 쿵! 사우영은 이미 네 몸속으로 들어갔는데 왜 아무 반응이 없는 것이냐? 쿵!"

"사우영이 내 안에 들어왔다고?"

사우영을 받아들이면 엄청난 고통과 함께 죽을 수도 있다고 하더니 도무진은 평소와 다름없었다.

목인귀가 걱정스럽게 말했다.

"뭔가 잘못되었어. 이럴 리가 없잖아?"

"쿵! 물론 그렇지. 쿵! 사우영을 받아들였는데 어찌 아무 변화도 일어나지 않는단 말인가? 쿵!"

셋 모두 당황해서 어쩔 줄을 몰라 했다.

"지금 당장은 아무렇지 않지만 나중에 어떤 반응이 올 수도 있잖아?"

도무진의 말에 노리는 단호하게 고개를 저었다.

"사우영은 잠복을 하는 영기가 아니오. 하! 이 일을 어찌한단 말인가?"

"어쩌긴. 뜻대로 되지 않은 세상의 흔하고 흔한 일 중 하나지."

"그렇게 쉽게 치부할 수 없는 일이오. 천기와 법기가 알려준 운명이 어그러진 것은 곧 세상의 혼돈을 막을 수 없다는 의미와 같으니 이 어찌 큰일이 아니겠소?"

"쿵! 어쩌면 이 흡혈귀는 사우영을 운반하는 단순한 그릇이 아닐까? 쿵!"

목인귀가 물었다.

"그게 무슨 말인가?"

"쿵! 사우영이 저 흡혈귀 몸에 들어가 있다가 쿵! 제대로 된 주인을 만나면 튀어나와 옮겨가는 거지. 쿵!"

"하지만 고통이 전혀 없는 건 설명할 수 없잖은가?"

"쿵! 그릇이 깨지면 안 되니까 사우영이 조절을 한 거겠지. 쿵!"

현연호의 추리는 나름 일리가 있었다. 물론 고작 그릇이라는 것이 기분 나쁘기는 했지만.

"천기와 법기가 고작 그릇을 그리 중요한 운명으로 가리켰단 말인가?"

노리의 물음에 현연호는 어깨를 으쓱했다.

"쿵! 달리 설명할 방법이 없잖아? 쿵!"

"어쨌든 이곳에서의 내 용무는 다한 것 같군."

도무진은 일이 이만치서 마무리된 것이 다행이라고 생각했다. 의심했던 함정도 아니었고 사우영에 의해 몸이 상하지도 않았다. 단지 사천성까지 헛걸음한 시간이 아까울 뿐이었다.

"이보게. 그러지 말고 여기 며칠 머물면서 몸의 변화를 지켜보는 게 어떻겠나?"

목인귀가 만류를 했지만 도무진의 의지는 단호했다.

"며칠을 기다릴 정도로 여유 있는 상황이 아니라서."

방을 나서는 도무진의 뒤를 따라오며 셋은 계속 머물러 달라는 호소를 했다.

"쿵! 널 강제로 붙잡아둘 수도 있어! 쿵!"

"그러려면 날 죽여야 할 거야."

도무진의 죽음은 그들이 가장 원하지 않는 것일 테니 무서운 협박이었다.

"꺄악! 살아서 나왔네!"

조설화는 환호성을 질렀고 여소영은 달려와서 품으로 뛰어들었다. 수혼도 앞발을 굴러서 도무진의 무사 귀환을 환영했다. 그의 안위를 걱정하는 이가 셋이나 보이는 건 새삼스러운 기쁨이었다.

"어떻게 되었어요?"

조설화가 현연호에게 물었다.

"쿵! 뭔가 잘못되었는데 그게 뭔지 몰라서 우리 심기가 편치 않다."

"하지만 저이는 멀쩡해 보이는데요?"

"쿵! 너무 멀쩡한 게 문제지. 쿵! 사우영이 몸에 들어갔으면 뭔가 변화가 있어야 할 것 아니야? 쿵! 뭔가 잘못되어도 단단히 잘못되었어. 쿵!"

"그래서 어둠의 성사가 이곳에 며칠 머무는 동안 지켜보고 싶은데……."

노리가 말끝을 흐리며 기대 어린 눈으로 조설화를 봤다. 하지만 그녀가 결정할 문제가 아니었다.

"그 얘기는 이미 끝났잖아."

도무진은 빠른 걸음으로 밖으로 나가는 동굴로 들어섰다. 셋은 따라오며 통하지 않을 설득을 계속했고 조설화도 그들을 거들었지만 끝내 도무진의 마음을 돌리지 못했다.

수혼을 타고 천혈동을 나와 막 바위 지대와 숲의 경계에 발을 들여놓았을 때였다. 검은 그림자가 땅에 나타난 것을 보고 고개를 든 도무진은 흠칫 놀라 수혼을 세웠다.

하늘에서 천천히 하강한 목승탁이 도무진의 이 장 앞에 내려섰다.

"용케 날 찾았군."

"그리 어려운 일은 아니지. 문제는 해결했느냐?"

물음을 던진 목승탁은 도무진 뒤에 있는 노리와 현연호, 목인귀를 힐끗 봤다. 갑자기 노리의 비명 같은 소리가 들렸다.

"화… 화신!"

펄쩍 뛰어서 물러난 노리의 몸이 급격하게 커졌다.

찌이익!

옷이 산산조각으로 찢어지고 노리의 키는 단숨에 일 장으로 늘어났다. 변한 것은 노리뿐만이 아니었다.

목인귀 또한 키가 커지면서 나뭇가지가 사방으로 퍼졌다. 현연호는 여덟 개의 꼬리를 쫙 펼치며 손톱을 곤추세웠다. 그들의 적의에도 불구하고 목승탁은 여전히 태연한 표정으로 말했다.

"너희와 싸우기 위해 온 것이 아니니 겁낼 것 없다."

"쿵! 누… 누가 다… 당신을 겁낸단 말인가! 쿵!"

호기롭게 소리치지만 그들이 느끼는 두려움이 도무진에게 고스란히 전달되었다. 아무리 뛰어난 능력의 세해귀라도 칠인의 성자란 존재는 두려움과 경외의 대상이었다.

"문제만 안은 셈이 되었지. 날 찾아온 용건은?"

"황선백이 널 고쳐 주기로 했다."

"뭐라고? 그게 사실이야?"

"그래. 어서 가자."

"수상한데?"

"뭐가 말이냐?"

"당신과 황선백은 서로 원수잖아. 그런데 그가 선뜻 당신과 만나서 부탁을 들어줬단 말이야? 그건 너무 쉽잖아."

"쉬웠다고는 하지 않았다."

"황선백이 내게 원하는 게 있나?"

"네게 원하는 건 없나."

"그럼 당신에게는?"

잠시 머뭇거린 목승탁이 대답했다.

"그건 네가 상관할 바가 아니다."

"내 몸을 고치는 일이니 당연히 내가 상관을 해야지."

"넌 가서 몸만 고치면 된다."

"그렇게 간단할 리가 없잖아. 아직 내 몸을 노리고 있겠지?"

뒤에서 노리가 소리쳤다.

"화신을 따라가면 안 되오! 당신은 세상의 혼돈을 막을 책임이 있는 몸! 위험한 일에 스스로 뛰어드는 건 운명을 거역하는 것이오!"

"쿵! 굳이 운명이 아니더라도 교활하고 오만한 쿵! 칠 인의 성자는 절대 상대해서는 안 될 종자들이지! 쿵!"

목승탁의 미간이 좁혀졌다.

"세상의 혼돈이라니. 그게 무슨 말이냐?"

"힘으로 세상을 핍박하는 칠 인의 성자가 천기와 법기를 알 리 없지."

목인귀의 말에 목승탁의 질문이 다시 이어졌다.

"너희가 본 천기와 법기가 세상의 혼돈을 예언했단 말이냐?"

도무진이 대답했다.

"그렇다고 하더군. 우스운 건 그걸 막을 수 있는 게 나라는 거야."

얼굴을 딱딱하게 굳힌 목승탁은 도무진 뒤에 있는 세 명의 세해귀를 봤다.

"너희들이 암중삼현자(暗中三賢者)로 불리는 그 셋인 모양이군."

노리가 말했다.

"만민수호문에서 그토록 없애고 싶어 하는 우리를 발견했으니 기분이 좋겠구려. 하지만 우리도 그리 호락호락하지 않을 것이오."

"이미 말했다시피 너희들 때문에 온 것이 아니다. 하지만 들은 얘기가 있으니 그냥 갈 수도 없군. 너희가 봤다는 천기와 법기에 대해 얘기해 보거라."

"쿵! 우리가 왜 그걸 쿵쿵! 네게 얘기한단 말이냐! 쿵!"

"어쩌면 같은 곳을 향해 가고 있을지도 모르니까."

"쿵! 어림없는 소리! 너희와 우린 절대 같은 길을 갈 수 없다!"

"나 또한 세상의 멸망을 막기 위해 도무진이 필요한 것인데도?"

목인귀가 소리를 지르려는 현연호를 만류하며 물었다.

"세상의 멸망이라니? 그게 무슨 말인가?"

"긴 얘기가 될 것 같은데……."

"안으로 들어갑시다."

노리의 말에 현연호가 펄쩍 뛰었다.

"화신을 우리 거처에 들이다니! 미쳤는가!"

"우리를 죽이려고 했다면 벌써 손을 썼겠지."

"나도 듣고 싶군."

도무진이 먼저 몸을 돌렸다. 암중삼현자에게서 들은 운명이란 얘기는 몸속으로 들어가 자취를 감춘 사우영처럼 애써 무시해 버릴 수도 있었다. 하지만 그 얘기가 목승탁의 입에서 다시 한 번 나왔다는 건 이제 그냥 흘려 버릴 수 있는 문제가 아니었다.

세해귀 중에서 가장 현명한 세 명과 칠 인의 성자 중 화신의 말이 일치한다면 그건 아직 일어나지 않았고, 믿을 수 없을 만큼 대단하다고 해도 사실일 가능성이 높았다.

그들은 다시 목인귀의 투덜거림을 들으며 탁자를 사이에 두고 둥글게 모였다. 암중삼현자는 잔뜩 긴장해서 목승탁을 계속 주시했지만, 목승탁은 혼자만의 생각에 빠져 그들에게는 눈길조차 주지 않았다.

노리가 그런 목승탁에게 물었다.

"먼저 세상의 멸망을 막기 위해 여기 어둠의 성자가 필요하다는 말이 무슨 뜻인지 알고 싶소."

그걸 얘기하기 위해서는 먼저 회생의 법을 설명해야 한다. 하지만 회생의 법은 철저히 지켜야 할 비밀이 분명하다. 비밀이 아니었다면 그 오랜 세월 동안 성자들이 회생의 법을 시행한다는 사실이 감춰졌을 리가 없기 때문이다.

"그걸 얘기하기 전에 먼저 회생의 법에 대한 것부터 설명을 해야겠군."

도무진은 목승탁이 암중삼현자에게 이처럼 선선히 회생의 법을 알려주는 것이 의외였다.

만민수호문의 주인이면서 이 세상의 지배자이기도 한 칠 인의 성자의 자존심을 도무진은 잘 알고 있었다. 그들이 평소 발톱의 때만큼이나 업신여기던 세해귀에게 알려져서는 안 될 비밀을 말한다는 건 상상조차 할 수 없는 일이었다.

그렇기에 지금 목승탁이 도무진과 관련된 일을 얼마나 중요하게 생각하는지 짐작할 수 있었다.

"진정 오백 년이란 세월을 살아오셨단 말이오? 칠 인의 성자 모두가?"

"원래는 열두 명이었지."

"쿵! 그럼 번천의 날을 쿵! 기억하겠군. 쿵!"

"하남성 변두리의 보잘것없는 도사에서 신에 가까운 존재가 된 날을 잊을 수는 없지."

"이 사실이 알려지면 칠 인의 성자에게 좋을 것이 없을 텐데 왜 우리에게 얘기해 주는 것이오?"

마지막 목인귀의 질문대로 회생의 법에 대한 것이 알려지면 칠 인의 성자에게 치명적인 타격이 될 수도 있었다. 자신이 살기 위해 한 사람을 죽이는 것, 아니 그보다 훨씬 잔인해서 육체를 빼앗는 것은 성자라 불리는 그들의 명성을 나락으로 떨어뜨릴 게 분명하다.

"지금은 명성이나 명예 따위를 지킬 때가 아니기 때문이다."

노리가 물었다.

"우리가 본 천기와 법기를 화신도 본 것이오?"

"너희들이 본 천기와 법기가 정확히 무엇이냐? 정말 세상이 절망의 구렁텅이로 빠지는 것이냐?"

"아마 그렇겠지요. 내 삼백 년을 넘게 살았지만 이처럼 핏빛을 머금은 천멸성은 본 적이 없소이다. 이 재앙을 막지 못하면 세상은 아비규환의 아수라장이 될 것이오."

"쿵! 하지만 그것이 정확히 어디서 어떻게 시작될지는 우리도 몰라. 쿵! 우리가 기대하는 건 저 흡혈귀가 그걸 알아내 막아줬으면 하는 거지. 쿵! 그가 유일한 희망이라고 천기와 법기가 말해주고 있으니까."

"너희들이 말한 재앙의 시작은 사천성의 흑림이다."

"흑림? 귀기가 판치는 그 검은 숲을 말하는 것이오?"

목승탁은 고개를 끄덕였다.

"그렇다. 번천의 날, 세상을 바꾼 모든 기운들이 쏟아져 나온 곳이지. 정확히 말하면 흑림의 한 부분에서 쏟아진 기운들이 이 세상 곳곳에 별처럼 떨어진 것이다. 우리는 그곳을 마계혈이라 부른다."

"혹 오백 년 전에 있었던 번천의 날이 다시 반복되는 것이오?"

"마계혈의 기운이 점점 왕성해지고 있다. 터질 날이 임박한 화산처럼. 그런데 그곳에서 흘러나오는 마기가 너무 강하다. 오백 년 전의 번천과는 분명 다를 것이야. 그래서 너희에게 물은 것이다. 정말 천기와 법기가 가리키는 것이 재앙이냐고."

현연호가 벌떡 일어서며 말했다.

"쿵! 재앙이 분명하지! 어쩐지 가까운 곳에서 마기가 요동친다고 느꼈는데 거기가 흑림이었다니! 진작 예상했어야 했는데! 쿵! 쿵! 일이 이 지경까지 올 동안 그 잘난 칠 인의 성자는 쿵! 뭘 하고 있었단 말인가! 쿵!"

"모두가 마계혈을 심각하게 생각하는 건 아니다. 그들을 탓할 수도 없지. 마계혈은 이미 완벽하게 봉인되어 있다고 믿고 있으니까."

노리가 목승탁이 꺼내지 못한 말을 대신 해줬다.

"거기에 이미 신의 경지에 다다른 자들이니 번천의 날이 다시 온다 한들 대수롭잖게 생각하고 있을 테고. 그렇지 않소?"

목승탁은 아니라고 부정하지 못했다.

목인귀가 그런 목승탁에게 물었다.

"그런데 왜 당신은 아직 마계혈을 막지 않은 것이오?"

"내 능력이 미치지 못하기 때문이다."

암중삼현자는 어리둥절한 표정으로 서로의 얼굴을 봤다.

"쿵! 세상에 칠 인의 성자가 못 하는 일이 있다고? 쿵!"

"마계혈은 살아 있는 생물이 접근할 수 있는 공간이 아니다. 봉인의 법을 펼치기 위해서는 손이 닿는 곳까지 다가가야하는데, 호신의 법을 아무리 끌어 올려도 거기에 닿기 전에 먼지처럼 흩어져 버릴 것이다."

"그럼 방법이 없단 말이오?"

목승탁의 시선이 도무진에게 향했다.

"그래서 도무진이 필요한 것이다."

노리가 무릎을 쳤다.

"아! 흡혈귀의 생명력을 이용하겠다는 것이구려."

"현재의 도무진은 보통 흡혈귀와는 비교할 수 없을 정도로 강하다. 거기에 내 술법의 힘이 더해지면 마계혈에 닿을 수 있을 것이다."

"어둠이 성자가 세상의 운명을 쥐고 있다는 천기와 법기가 그래서 나온 것이구려."

"쿵! 하지만 화신의 얘기는 없었잖아. 쿵!"

현연호의 반론에 목인귀가 말했다.

"우리 얘기도 없었지. 천기와 법기가 모든 이를 가리킬 수는 없잖아."

"어쩌면 이미 사라졌어야 할 존재들이기에 하늘이 인정하지 않은 것일 수도."

목승탁의 자조적인 중얼거림에 모두 말문을 닫았다. 칠 인의 성자에 대한 선입견을 가지고 있는 자들에게 목승탁의 저런 모습은 의외일 수밖에 없었다.

"결국 내 목숨을 담보로 한 도박이로군."

한참 만에 도무진이 입을 열었다. 세상의 운명이란 거창한 의제가 걸렸다고 해도 결국 희생해야 하는 자는 도무진이었다. 예전의 도무진이었다면 심각하게 고민을 했을 수도 있다. 그리고 어쩌면 승낙했을지도 모른다.

하지만 지금의 도무진은 예전의 그가 아니었다. 여전히 최초의 흡혈귀에 대한 복수는 남아 있었고, 미워하고 싸워야 할 상대도 많아졌다.

그런 악의가, 인간성을 향한 절박했던 감정의 자리를 밀어내고 들어앉았다. 그래서 세상의 운명보다는 자신의 안위가 더 중요했다. 그는 최초의 흡혈귀를 향해 복수를 할 것이고, 자신을 이용한 황선백과 공을 응징한 후 이제까지 기만으로 일관해 온 목승탁 또한 용서하지 않을 것이다.

그러기 위해서는 가장 먼저 약점을 없애야 한다. 지금으로

써는 황선백만이 유일한 해결책이었다.

"마계혈인가 하는 곳까지 가는 과정이 어떻게 되는데?"

"일단 황선백에게 가서 네 몸을 치료한 후 만민수호문에서 회생의 법을 시행할 것이다. 너와 내가 완전히 하나가 되면 마계혈을 막아야지."

"말은 쉽군. 회생의 법이 완성되면 내 의식은 사라지겠지?"

"그리될 것이다. 어쩌면 육체도."

"그럼 당신도 죽나?"

"죽는 것은 두렵지 않다. 마계혈을 막지 못하는 것이 두려울 뿐. 어떻게 할 테냐?"

"내 몸은 정상으로 돌려놓아야지. 하지만 당신의 육체가 되고 싶은 마음은 없어."

"세상이 너로 인해 안전해질 수 있다는 걸 생각해라."

"당신들이 말한 세상은 흡혈귀를 탄생시켰고 운명은 내 부모님과 누이를 죽이고 날 흡혈귀로 만들었지. 그딴 것을 위해 내가 희생해야 한다고? 난 흡혈귀지 활불(活佛)이 아니야."

"흡혈귀가 되고 이십 년 동안 넌 인간의 피를 마시지 않았다. 그 이유가 무엇이냐?"

"의미 없는 고집이었지."

"네가 말한 의미 없는 고집이 바로 네가 의인이었다는 증거다. 지금 네 안에 똬리를 틀고 있는 복수심과 미움, 증오 같은 것은 결코 네 본질을 바꿀 수 없다. 인간이란 동물은 그리 쉽게 바뀌는 존재가 아니니까. 설사 흡혈귀가 되었다 하더라도."

도무진은 냉소를 머금었다.

"날 설득하는 말로는 부족하군."

"말로 설득될 것이 아니라 가슴으로 받아들여야지."

하지만 현재 도무진의 가슴은 차갑게 식어 있었다. 그럼에도 도무진은 반박하지 않았다. 지금 솔직한 마음을 그대로 표출해서 자신의 몸을 원래대로 돌리는 일을 망치는 건 어리석은 행동이다.

적극적으로 의인처럼 행동하는 낯간지러운 행동은 못 하더라도 굳이 나서서 쪽박을 깨는 위험은 피해야 한다.

노리가 목승탁에게 물었다.

"우리에게 이 모든 얘기를 해주는 이유가 무엇이오? 당신에게 우린 하찮은 세해귀일 뿐일 텐데 말이오."

"내가 실패할 때를 대비해서다."

"당신이 실패한 일을 우리에게 마무리하란 말이오?"

목승탁이 가는 한숨을 쉬었다.

"누군가는 목숨을 걸고 해야 할 일이다."

"당신이 못 한 일을 어찌 우리기 할 수 있겠소?"

"방법을 찾아야지. 그냥 앉아서 세상이 다시 번천의 날을 맞아 지옥으로 변하는 걸 보고 있을 수는 없으니까."

암중삼현자가 감당하기에는 너무 무거운 짐이었다. 하지만 이 자리에서 무작정 못 한다고 할 수는 없었다. 능력이 미치지 못하는 건 알지만 그들 또한 노력은 할 것이다.

"당신이 마계혈을 막기를 천신님께 기도해야겠구려."

"할 수 있다면 잡신의 기라도 빌리고 싶군."

농담처럼 말한 목승탁이 일어섰다.

"서두르자."

목인귀가 따라 일어서며 물었다.

"마계혈이 언제쯤 열릴지 알 수 있소이까?"

"일 년이 채 남지 않았다는 것밖에 알 수 없다. 시간이 그리 넉넉하지는 않지."

동굴을 나온 목승탁은 부적을 꺼내 발밑에 붙인 후 다시 한 장의 부적을 수혼의 이마에 붙였다.

"갈 길이 급하니 내 힘을 빌려주마."

목승탁의 몸이 허공으로 십 장 가까이 떠올라 날아갔다. 그런 목승탁을 쫓아 수혼도 힘껏 땅을 박찼다. 그런데 세상의 풍경이 놀랍도록 빨리 뒤로 밀려났다.

수혼이 신마 중의 신마이기는 하지만 이런 속도로 산길을 달릴 수는 없었다. 목승탁이 붙인 부적의 위력이 분명했다. 그들은 그야말로 바람처럼 내달렸다.

세 명을 태운 수혼은 그럼에도 지친 기색 없이 연달아 세 시진을 넘게 달렸다. 그동안 속도도 느려지지 않았다. 이렇게 부적의 힘을 빌려 단숨에 힘을 쓰면 몸에 무리가 갈 수도 있었다.

"수혼! 괜찮으냐?"

목덜미에 손을 대면 수혼의 기분을 읽을 수가 있었다. 수혼은 일각도 달리지 않은 것처럼 멀쩡한 상태였다. 오히려 넘치는 힘 때문에 기분이 좋은 모양이다.

목승탁은 저만치 앞쪽에서 여유롭게 하늘을 날고 있었다. 하얀 수염과 도포 자락만 휘날리면 영락없이 구름을 탄 신선처럼 보였다.

사천성을 나와 중경을 건너 호북에 이르러서야 목승탁은 날아가는 걸 멈췄다. 그 먼 길을 불과 다섯 시진 만에 주파했다.

날은 이미 어두워졌고 산중이었으며 춥기까지 했다. 하지만 누구도 장소나 시간, 날씨 때문에 걱정하지 않았다. 야영에 대한 불편함이나 위험 같은 게 없기 때문이다.

"날이 밝는 대로 출발하기로 하자."

목승탁은 말을 하고 수혼의 이마에서 부적을 뗐다. 그러자 수혼은 다리가 풀리더니 그대로 쓰러졌다.

깜짝 놀라 달려간 도무진은 수혼이 단지 잠이 들었다는 걸 알았다.

가을이 깊어가는 시기라 밤의 산은 추웠지만 조설화 모녀는 푹신한 곳을 찾아 몸을 뉘이고 곧 잠이 들었다. 그들 곁에 누워 팔베개를 한 도무진은 쉬이 눈이 감기지 않았다.

가족을 모두 잃고 흡혈귀가 된 삶이 전쟁처럼 치열하다고 생각했는데, 최초의 흡혈귀만을 찾던 그때가 오히려 평화로웠다.

세상의 운명을 짊어진 어둠의 성자라는 이름은, 무수한 별이 반짝이는 밤하늘을 올려다보고 있는 지금 새삼스러운 무게로 다가왔다.

'내 의무가 아니야.'

세상이 그에게 안겨준 건 괴로움뿐인데 그런 세상을 위해 희생해야 한다는 건 말이 되지 않는다. 몸만 정상으로 돌아오면 세상이 어떻게 되든 그가 가고 싶은 길을 갈 것이다.

*   *   *

황선백과 공은 나란히 서서 그들을 맞았다. 화상으로 일그러진 얼굴 때문에 표정을 읽을 수는 없었지만 황선백은 왠지 기분이 좋은 것 같았다.

"그리 늦지 않았군."

황선백의 말에 목승탁이 단조로운 음성으로 대꾸했다.

"늦을 여유가 없으니까. 도무진의 치료를 바로 시작하도록 하지."

"아니지. 아니야. 치료보다 먼저 해야 할 일이 있잖나? 자네의 원기를……."

목승탁이 손을 들어 황선백의 말을 막았다.

"자넨 정말 날 못 믿는군."

"자네도 이런 모습이 되면 내 마음을 이해할 걸세."

"좋아. 내가 먼저 하도록 하지."

둘 사이의 약속 같은데 도무진으로서는 알 수 없는 얘기였다. 다만 도무진을 고치기 위해 목승탁이 뭔가 큰 것을 버린다는 걸 예상할 수 있을 뿐이었다.

"이쪽으로."

공이 그들을 안내하고 목승탁은 홀로 황선백과 남았다. 공이 안내한 곳은 처음 이곳에 왔을 때 황선백을 만났던 그 장소였다. 다 부서졌었는데 언제 싸움이 났냐는 듯 깨끗하게 고쳐져 있었다.

"목승탁이 약속한 게 뭐지?"

"네 육체를 빼앗으려고 하는데 목승탁이 걱정되나?"

"그지 흔한 호기심이지."

"알고 싶으면 목승탁에게 물어봐."

도무진은 이해한다는 표정으로 고개를 끄덕였다.

"황선백의 개니 주인이 짖으라고 할 때까지 입을 다물고 있어야겠지."

"함부로 주둥이 놀리지 마라. 당장 널 죽이고 사부님께 꾸중 한 번 듣는 것으로 끝내고 싶으니까."

조설화가 비웃음을 흘렸다.

"흥! 똥개도 자기 집 앞에서는 오 할은 먹고 들어간다더니 딱 그 경우로군. 네게 그럴 능력이나 있고?"

"거둬준 은혜도 모르는 배은망덕한 년이……!"

"내 딸의 죽음을 이용해 날 끌어들인 것에 불과하지!"

탕!

여소영이 갑자기 탁자를 세게 내려쳤다. 단단하기로 소문 난 흑단목으로 만든 탁자에 금이 쩍 갔다.

"싸움 좀 그만할래요? 서로 싸우는 거 지겹지도 않아요?"

금이 간 탁자를 본 조설화가 가는 한숨을 쉬었다.

"드디어 소영이가 변환기에 들어섰군."

"변환기라니?"

조설화가 머리를 쓰다듬자 여소영이 신경질적으로 그 손을 치웠다. 그래도 조설화의 입가에는 웃음이 그려졌다.

"인간의 사춘기 같은 거지. 몸이 변화하면서 성격도 지랄 같아지는 시기야."

"그러기에는 좀 어린 것 같은데?"

"우린 인간보다 빨리 성숙하니까."

여소영의 신경질 덕분에 방 안의 격한 분위기는 가라앉았다. 그들은 침묵 속에서 목승탁과 황선백이 돌아오기를 기다렸다. 도무진과 공은 같은 공간에 있기에는 불편한 사이였기에 편한 침묵은 아니었다.

시간은 더디게 흘렀고 밖으로 나가서 수혼과 놀겠다는 여소영과, 그걸 말리는 조설화의 대화가 그나마 어색한 침묵을 밀어냈다.

오랜 기다림 끝에 드디어 목승탁과 황선백이 나타났다. 방에 들어선 목승탁은 초췌해 보였다. 언뜻 봐도 한꺼번에 십 년은 늙어버린 것 같았다.

"네 차례다."

도무진에게 말하는 목소리에도 쇳소리가 잔뜩 섞였다. 무슨 일인지 묻고 싶었지만 대답을 해줄 리가 없기에 애써 물음을 삼켰다.

도무진은 황선백의 안내에 따라 지하실로 내려갔다. 어울리지 않는 자리에 놓인 불상을 밀어내면 나타나는 계단은 한참을 이어졌다.

빙글빙글 돌아 내려기는 나선형의 계단이었는데 깊이가 족히 오십 장은 될 것 같았다. 그렇게 내려간 계단 끝에는 오십 평 정도 되는 공간이 자리해 있었다.

대기는 차가워서 원래 체온이 낮은 도무진의 숨에서조차 하얀 김이 나왔다. 지하실 중앙에는 검은 돌로 만들어진 침상이 놓여 있었다.

계단을 모두 내려가 주변을 살피던 도무진은 한쪽 벽을 보고 흠칫 놀랐다. 그곳에 황선백이 있었다. 지금 그를 안내한 황선백이 부적을 이용해 만들어졌다는 건 알고 있었다.

환상이 아닌 실체는 끔찍한 얼굴보다 더 상황이 안 좋아 보였다. 관처럼 생긴 상자가 세워져 있고 황선백은 양손을 가슴에 모은 채 그 안에 들어가 있었다. 관은 꿀처럼 끈끈하고 얼음처럼 투명한 액으로 채워져 있었는데 신기하게 밖으로 흘러나오지 않았다.

그리고 끈끈한 액체에 닿은 검지 굵기의 열 개의 검은 관은 지하실 천장과 연결되어 있었다.

"내 모습이 어떠냐?"

"좋지는 않군."

"이제 저 모습에서 벗어날 날도 멀지 않았다. 누워라."

황선백은 돌침대를 가리켰다.

"정말 내 몸을 정상으로 돌려놓을 수 있나?"

너무 많이 속았으니 의심이 드는 건 당연했다.

"네게 준 천통환은 내 몸에서 나온 선기와 독기의 조합이다. 그러니 치료할 수 있는 사람도 나뿐이지."

"또 날 이용해 무슨 수작을 부리는 게 아닌지 묻는 거야."

"넌 목승탁과 만민수호문에 복수를 하기 위한 도구였을 뿐이다. 하지만 이제 너라는 도구는 필요 없어졌으니 널 속일 이유가 없지."

"그럼 믿는 수밖에."

도무진은 탁자에 누웠다.

"입을 벌려라."

시키는 대로 입을 한껏 벌렸다. 시야 가장자리에 놓인 천장에 연결된 관이 투둑투둑 떨어지는 게 보였다. 살아 있는 생명체처럼 허공에서 흐느적거리던 관은 천천히 도무진에게 다가왔다. 열 마리의 검은 뱀이 도무진을 노리는 것 같았다.

검은 관은 도무진의 정수리 부근에서 일렬로 늘어섰다. 그중 가장 가까운 곳에 놓인 관이 이동해서 벌어진 입 앞에서 멈췄다. 그러더니 하얀 액체가 입속으로 뚝 떨어졌다. 역한 냄새가 났다. 황선백의 몸에서 빠져나온 무엇일 게 분명했다.

"삼켜라."

도무진은 억지로 목젖을 움직였다. 냄새만큼이나 맛도 고약했다. 하얀 액체를 떨어뜨린 관은 다시 이동해서 천장에 달라붙었다. 이어서 두 번째의 관 또한 도무진의 입에 하얀 액체를 떨어뜨린 후 천장으로 돌아갔다.

열 개의 관이 원래 있던 천장에 달라붙자 황선백이 말했다.

"끝났다."

도무진은 몸을 일으켰다.

"달라진 게 없는데?"

"운기행공을 해라. 독소가 모공을 통해 빠져나올 것이다."

도무진은 돌침대에서 내려와 가부좌를 틀었다.

＊　　　＊　　　＊

"정말 할 수 있겠니?"

"어렵지 않다고 수십 번이나 얘기했잖아."

조설화의 거듭된 확인에 여소영은 짜증 섞인 목소리로 대답했다. 이 일에 그들의 목숨이 달려 있는데 여소영만 믿어야 한다는 현실이 마음에 들지 않았다.

하지만 이대로 도무진을 만민수호문이라는 사지에 보낼 수는 없었다.

그녀의 걱정을 아는지 모르는지 여소영은 수혼과 쫓고 쫓기는 장난을 치고 있었다. 뜰을 날고 있던 잠자리들이 둘의 머리 위를 맴돌았다. 평화로운 모습이다.

'우리의 미래도 저리 평화로웠으면……'

　　　　　*　　　　　*　　　　　*

　도무진은 황선백의 진체(眞體)가 든 관 앞에서 검을 꺼냈다. 부적으로 만든 황선백이 깜짝 놀라서 다가왔다.

　"무슨 짓을 하려는 것이냐?"

　"내 힘도 돌아왔으니 당신을 죽이지 않을 이유가 없잖아."

　"난 십이 인의 성자 중 한 명인 기왕(氣王)이다! 그런 내게 감히 검을 겨누다니!"

　"하루하루 겨우 연명하는 늙은이로밖에 보이지 않는군."

　도무진은 검으로 천장에서 내려온 관을 툭 건드렸다.

　"내가 이것들을 전부 끊어버리면 어떻게 될까?"

　"그럼 넌 죽는다."

　부적으로 만든 허상임에도 황선백에게서 무서운 기세가 뿜어져 나왔다. 하지만 도무진은 개의치 않고 검을 꿀처럼 끈끈한 액체 안으로 밀어 넣었다. 투명한 액체가 출렁 요동을 쳤다.

　"멈춰라!"

　"목을 베어버리면 당장 죽겠지?"

　"네 몸은 정상을 찾았으니 이젠 나와 얽힐 일이 없다! 그냥 떠나면 다시 만날 일이 없을 것이다!"

　"하지만 남은 원한은 풀어야지."

도무진이 슬쩍 검을 움직이자 황선백이 서둘러 말했다.

"원하는 게 뭐냐?"

"당신 목숨 외에? 음……."

생각하는 척한 도무진은 독백처럼 중얼거렸다.

"한 가지 있긴 한데."

"그것이 무엇이냐?"

"당신이 목승탁에게서 가져간 것."

"목승탁의 원정을 원한다고?"

"원정? 그게 뭐지?"

"무엇인지도 모르고 탐을 낸단 말이냐?"

"목승탁이나 당신 모두에게 중요한 것일 테니까. 당신 목숨보다 원정이라는 게 소중하다면……."

도무진은 검을 살짝 움직였다.

"알겠다! 네게 주마!"

"주는 건 주는 거고 원정이 뭔지는 설명을 해줘야지."

*　　　*　　　*

여러 가지 경우의 수를 놓고 생각한 황선백은 결국 싸우는 걸 포기했다. 싸움이 일어나면 도무진뿐 아니라 조설화와 결정적으로 목승탁과도 싸워야 한다.

그의 몸이 완전히 회복되지 않은 상태에서 그 셋을 상대한다는 건 숫자가 많아도 버거운 일이다. 도무진이 검을 들이델 것이라는 사실을 예상하지 못한 그의 실수였다.

청색 구슬에 담긴 원정을 품에 넣은 도무진은 기분 좋은 얼굴로 지하실을 나갔다.

도무진이 원정을 목승탁에게 주지는 않을 테니 그걸로 위안을 삼는 수밖에 없었다.

"어떻게 됐어?"

조설화의 물음에 도무진은 고개를 끄덕여 회복을 알렸다. 황선백은 안도의 한숨을 쉬는 이들을 눈여겨봤다. 특히 그의 시선이 향한 사람은 목승탁이었다.

목승탁은 애써 내색하려 하지 않았지만 기뻐하는 기색을 읽을 수 있었다.

'원정의 생명력을 빼앗기고도 기뻐한다는 건가?'

자신의 생명력보다 도무진의 회복을 원하는 목승탁을 보며 황선백은 기분이 가라앉았다. 목승탁의 말이 점점 사실을 향해 접근하고 있었다.

"여기서 우리의 용건은 모두 끝난 것 같군."

그렇게 말하고 돌아서려던 목승탁은 황선백에게 물었다.

"만약 내가 마계혈 막는 걸 실패하면 자네가 나서줄 수 있겠나?"

"난 아직도 자네를 믿지 않으니 지금 대답을 할 수는 없군."

황선백이 쓸쓸한 웃음을 머금었다.

"알겠네. 부디 몸조리 잘하게."

황선백은 그렇게 눈앞에서 사라졌다. 그들이 떠나고 한참 후 황선백은 공을 불렀다.

"아무래도 내가 좀 더 일찍 나서야 할 것 같구나."

수면을 빠르게 미끄러진 배는 얼마 되지 않아 뭍과 가까워졌다. 나루터와 삼 장 남짓 남았을 때 우측 난간에 걸터앉은 조설화가 다리에 힘을 줬다.

배가 갑자기 기우뚱하더니 맞은편에 있던 여소영이 '어머!' 하는 비명을 지르며 앞으로 쓰러졌다. 가장 가까이 있던 이가 목승탁이어서 재빨리 여소영을 낚아챘다. 넘어지는 것을 모면한 여소영이 고맙다는 인사를 했다.

그저 작은 소동이 아니었다.

나루터에 내려선 후 도무진이 수혼에 올라타자 조설화는 재빨리 여소영을 태운 후 수혼의 엉덩이를 찰싹 두드렸다.

"수혼! 가자!"

그녀는 깜짝 놀라 달리는 수혼의 엉덩이 쪽에 재빨리 몸을 실었다.

"왜 그래?"

도무진도 놀랐고 뒤에 홀로 남겨진 목승탁도 어이가 없다는 표정이었다.

"목승탁에게서 도망치려는 거면……."

당치 않은 시도라고 말하려 했다. 그런데 앞에 탄 여소영이 부적을 가득 든 손을 흔들었다. 목승탁이 뒤춤에 부적을 보관하는 걸 알고 훔친 것이다.

고개를 돌린 도무진은 당황하는 표정의 목승탁을 볼 수 있었다.

"게 서거라!"

목승탁이 소리를 지르며 쫓아왔다. 빠르기는 했지만 부적을 이용할 때와는 비교가 되지 않는 속도였다. 기껏해야 수혼과 비슷한 속도였는데 지구력으로 수혼을 이길 수는 없었다.

결국 그들과 목승탁의 거리는 점점 벌어져 이윽고 시야에서 사라졌다. 그 후로도 수혼은 한 시진을 전력으로 달린 후에야 멈췄다. 이젠 꽤나 거리가 벌어졌을 것이다.

"나 몰래 이런 짓을 꾸몄단 말이지? 기특하기도 해라."

도무진이 여소영의 머리를 쓰다듬자 조설화가 삐쳐서 말했다.

"내 머리에서 나온 계획이야."

"부적을 훔친 건 나라고."

"알았어. 둘 모두에게 내 고마움을 전하지."

히히힝!

"그래, 수혼 너도 수고했다."

귀신처럼 그를 찾아내는 목승탁을 완전히 따돌렸다고 할 수는 없지만 일단 한숨 돌리기는 했다. 그리고 그에게는 목승탁의 원정이라는 최후의 수단도 있었다.

"이제 어디로 가지?"

조설화의 물음에 도무진은 할 말을 잃었다. 가야 할 곳이 없었다. 최초의 흡혈귀를 찾을 길은 막막하고 황선백과 공을 향한 원한을 지금 당장 갚으러 가는 것도 우스웠다. 그렇다고 목승탁에 대한 미움을 풀 수도 없었다.

도무진의 막막함을 읽었는지 조설화가 말했다.

"무작정 동쪽으로 달려볼까? 좋은 곳이 나오면 쉬면서 생각해 보자고."

그렇게 그들은 정처 없는 길을 떠났다.

제22장
회귀

 손수민의 얼굴에는 때가 덕지덕지 묻어 있었고 하얗던 옷
은 까맣게 변한 지 오래였다. 낮에는 쉼 없이 마차를 몰았으
며 밤이 되면 황동필의 관은 그녀의 차지가 되었다.

 "아직 멀었나요?"

 마부석에 앉은 그녀는 고개를 돌리고 소리쳤다. 검은 휘장
으로 창문을 가린 마차 안에서 황동필의 목소리가 들렸다.

 "얼마 남지 않았네!"

 "며칠 전에도 그렇게 말했잖아요!"

 "워낙 빨리 움직이고 있어서 따라가기가 쉽지 않아!"

피곤에 절어 쩍쩍 갈라진 입술을 훑은 손수민은 서쪽 하늘을 봤다. 하루를 마무리하는 태양이 붉게 타오르고 있었다. 반 시진만 지나면 그녀는 관에 몸을 뉘일 수 있었다.

황동필은 관이 흔들리지 않게 매고 달리는 재주가 있어 달콤한 잠을 자는 게 가능했다. 그렇게 자고 있으면 황동백은 새 마차를 준비해 놓고 그녀를 깨웠다.

"대체 오라버니는 어디를 그렇게 빨빨거리고 돌아다니는 거야."

이처럼 오래 이리 뛰고 저리 달려 몸이 고생을 하면 그녀처럼 신경이 날카로워지게 마련이다.

"이제 정말 얼마 남지 않았으니 조금만 더 고생하면 되네!"

마차 안까지 그녀의 기분이 전해졌는지 황동필이 그녀를 달랬다. 손수민은 손으로 자신의 가슴을 만졌다. 딱딱하게 전해지는 느낌이 그녀의 마음을 무겁게 했다.

'현명한 결정일까?'

황동필은 믿을 만한 흡혈귀처럼 보였고 하는 얘기도 앞뒤가 들어맞았다. 하지만 만에 하나 그녀가 속는 거라면 두고두고 천추의 한이 될 것이다.

그녀는 갸웃하려는 의심을 애써 떨치며, 지금 하려는 행동이 도무진을 구하는 길이라 믿었다.

마지막 한 점의 햇빛까지 사라지자 황동필은 밖으로 나왔다. 이제 손수민이 관으로 들어갈 차례였다.

　지친 말은 자유롭게 풀어준 후 손수민이 들어간 관을 황동필이 맸다. 딱딱한 관 속에서도 손수민은 워낙 피곤했던 탓에 금방 잠이 들었다.

　얼마나 잤을까? 밤을 모두 보낸 것 같기도 하고 금세 깬 것 같기도 한 기분으로 눈을 떴다. 소란스러운 소리 때문이었다.

　"날 알고 있는 것처럼 말하는 넌 누구냐?"

　막 잠에서 깼는데도 들리는 음성이 도무진의 것이라는 걸 알 수 있었다. 이어서 황동필의 음성이 들렸다.

　"내가 누군지 말해도 기억하지 못할 것이오."

　"그럼 날 공격한 이유도 대지 못하겠군."

　손수민이 잠든 사이에 황동필이 도무진을 공격한 모양이다. 손수민은 관 속에 숨을 죽이고 그대로 있었다. 이럴 경우를 대비해서 이미 계획을 짜놓았다.

　"한 가지는 말해줄 수 있소. 내게 너무 무거운 짐을 지웠으니 혼날 준비는 하시오."

　이어서 싸우는 소리가 들렸다. 부서지고 깨지고 날아가는 굉음이 쉼 없이 이어졌다. 중간중간 여인과 아이의 목소리도 들리는 것으로 보아 도무진에게 동행이 있는 모양이다.

　사실 손수민은 싸움이 일찍 끝날 줄 알았다. 도무진의 강함을 알기에 황동필이 얼마 버티지 못할 것이라 생각한 것이다.

그런데 의외로 싸움은 길게 이어졌다. 도무진을 상대로 이처럼 오래 싸우는 것을 보면 역시 황동필은 평범한 흡혈귀가 아니었다.

바깥을 향해 귀를 기울이고 있는 사이 요란한 소리가 점점 가까워졌다.

"크윽!"

방금 들린 건 황동필의 신음이었다. 역시 황동필이 밀리고 있었다.

쾅!

바로 옆에 벼락이 떨어진 것 같은 소리와 함께 관이 들썩였다.

"당장 멈추시오! 그렇지 않으면 이 관에 있는 여자를 죽여 버릴 것이오!"

"어설픈 협박이로군."

텅!

거친 흔들림과 함께 관 뚜껑이 날아갔다. 손수민은 재빨리 몸을 일으켰다. 가장 먼저 눈에 띄는 건 만월의 하늘이었고 주변은 소나무로 둘러싸여 있었다. 서늘한 기운, 하늘과 경계를 이룬 숲의 그림자로 보아 어느 산중 같았다.

황동필은 손을 뻗으면 닿을 곳에, 도무진은 이 장의 거리를 두고 달려오는 중이었다.

"수민이?"

"오라버니!"

그녀는 애절함을 담아 도무진을 불렀다. 황동필이 위협적으로 손수민을 향해 팔을 뻗었다. 도무진의 검에서 뿜어지는 검강이 더 늘어났다.

"멈춰라!"

도무진은 믿을 수 없이 빠른 속도로 가까워졌다. 손수민을 잡으려던 황동필은 허공을 쓸어오는 검강에 놀라 물러났다. 그때 손수민이 벌떡 일어서서 도무진을 향해 팔을 벌렸다.

도무진이 그런 그녀를 가슴에 안았다. 두 사람의 가슴이 밀착하려는 순간 손수민은 팔목을 뒤로 꺾었다.

철컥!

그녀의 오른쪽 가슴에 설치된 장치가 작동하고 빛의 검이 옷을 뚫고 일어섰다.

푹!

은은한 빛을 내뿜는 검은 너무도 쉽게 도무진의 왼쪽 가슴을 파고들었다.

"헉!"

도무진은 짧은 신음과 함께 손수민을 거칠게 밀었다. 허공을 날아가는 그녀를 황동필이 받아서 내려주었다.

"네… 네가 왜……?"

묻는 도무진의 가슴에서 뿜어져 나온 피가 대지를 흥건하게 적셨다.

"도무진!"

"오라버니!"

여인과 아이가 그런 도무진을 향해 달려갔다. 비틀거리다 넘어지려는 도무진을 여인이 부축했다.

뚝! 뚝!

빛의 검에서 떨어진 핏방울이 손수민의 발등을 적셨다. 섬뜩하도록 차가운 느낌에 그녀는 등골이 서늘해졌다. 만약 황동필에게 속은 것이라면?

그녀는 황동필에게 눈길을 돌렸다. 팔과 허벅지에 상처를 입은 황동필은 어둠의 일부인 것처럼 소나무 그늘 아래 우두커니 서 있었다. 달빛이 미치지 않는 곳이었기에 그의 표정을 볼 수가 없었다.

도무진의 거친 숨소리가 들렸다. 흡혈귀는 쇠로 만든 검에 심장이 찔린다고 죽지 않는다. 오직 나무로 만든 것에만 생명을 잃고 도무진은 특별해서 어쩌면 나무조차 소용없을지도 모른다.

그런데 금속이 분명한 빛의 검에 찔린 도무진은 금방이라도 숨이 넘어갈 것처럼 헐떡이고 있었다.

창백했던 피부는 점점 흙빛으로 변했고 피부를 뚫고 나올 것처럼 핏줄이 툭툭 불거졌다.

흡혈귀가 죽을 때의 모습 그대로였다.

"오… 오라버니."

손수민은 도무진을 향해 주춤주춤 걸음을 옮겼다. 그녀는 속은 것이다. 황동필의 거짓말에, 그가 해준 얘기가 타당하다는 이유로 믿어버린 것이다.

아니, 그것만은 아닐 것이다. 어쩌면 흡혈귀의 능력으로 그녀를 미혹(迷惑)했을지도 모른다.

이유야 어찌되었든 손수민은 가장 사랑하는 이의 가슴에 검을 박고 목숨을 빼앗았다.

"이년! 가까이 오지 마라!"

도무진을 안은 여인이 손수민을 향해 위협적으로 소리쳤다.

"아니에요. 전… 오라버니를 죽이려고 한 게… 아니에요."

"대체 무슨 미친 소리를 지껄이는 것이냐!"

화를 내는 여인의 머리칼이 하얗게 탈색되었고 눈동자는 백색으로 물들었다. 여인이 인호로 변한 모습에 놀라 손수민은 걸음을 멈췄다.

"죽지 마요! 제발 죽지 마요!"

아이의 서럽게 우는 소리가 밤의 기운을 더욱 차갑게 만들었다. 하지만 그들의 염원은 검은빛으로 변해가는 도무진과 함께 절망으로 물들어갔다.

손수민은 털썩 무릎을 꿇었다.

"미안하네. 또 자네에게 최면을 걸어서."

바로 뒤에서 황동필의 목소리가 들렸다.

'최면?'

벌떡 일어선 손수민이 물었다.

"그런가요? 내게 또 최면을 건 건가요?"

"자네 도움이 절실했으니까."

"이런 개자식!"

손수민은 황동필의 뺨을 때리려고 했지만 우악스런 손길에 잡혀 버렸다.

"왜 그러는가?"

"죽은 오라버니를 보고도 이유를 모른단 말이야! 이 나쁜 새끼야! 오라버니를 죽이는 데 왜 날 이용해! 하필 왜 나냔 말이야!"

그녀는 황동필의 품으로 파고들었다. 빛의 검으로 황동필을 죽이려고 했지만 그마저 간단하게 막혔다.

"그는 죽지 않기를 바랐지. 분명 그랬어."

목소리는 잔뜩 가라앉아 슬픈 것 같았지만 입가는 위로 올라가 웃고 있었다. 왜 노골적으로 기뻐하지 않는 것인지는 알 수 없지만 좋아하는 것만은 분명했다.

"오라버니!"

꼬마 여자애의 울부짖음과 인호의 통곡이 들렸다. 도무진
의 완전한 죽음을 알리는 소리였다. 손수민은 그 자리에 털썩
주저앉았다. 피혹부까지 새겼는데 바보처럼 황동필의 속임
수에 넘어가 자신의 손으로 도무진을 죽여 버렸다.

'신은 왜 이처럼 내게 가혹한 것일까?

가장 사랑하는 사람을 자신의 손으로 죽인 마당에 살아서
무엇 하리. 손수민은 가슴에서 빛의 검을 분리했다. 칼날이
가슴 쪽으로 오게 두 손으로 검을 잡은 손수민은 망설이지 않
고 자신의 가슴을 찔렀다.

하지만 검날이 옷깃을 파고들려 할 때 황동필이 그녀의 손
목을 잡았다.

"이게 무슨 짓인가?"

"이거 놔! 나같이 멍청한 건 죽어야 해!"

"도무진은 죽었지만 죽지 않았네!"

도무진의 죽음을 통곡하던 인호가 하얀 머리칼을 하늘로
세우며 다가왔다.

"흡혈귀, 무슨 개소리를 하는 것이냐?"

"진정하고 기다리게. 그는 부활할 테니까."

"부활? 다시 살아난단 말이냐?"

"그래, 아마도."

인호가 버럭 소리를 질렀다.

"아마도라니!"

"그가 장담은 했지만 처음 있는 일이니 내가 약속할 수는 없지."

"그라면… 도무진을 말하는 것이냐?"

"너희가 알고 있는 이는 도무진이지."

"그럼 네가 알고 있는 자는?"

황동필의 입이 열리려 할 때 아이의 비명 같은 외침이 들렸다.

"엄마!"

"왜 그러니?"

"오라버니가… 오라버니가…….."

그들은 서둘러 도무진에게 뛰어갔다. 하지만 손수민과 황동필은 인호의 위협 때문에 이 장쯤 떨어진 곳에서 지켜봐야 했다.

도무진의 가슴이 조금씩 위아래로 움직이고 있었다. 검은색의 피부는 옅어지고 옅어져서 흡혈귀의 창백함으로 돌아왔고, 살을 뚫고 나올 것 같던 핏줄 또한 아래로 가라앉았다.

그렇게 반각이 흐르는 동안 도무진은 살아 있을 때의 모습을 찾았다. 가슴에 난 상처 또한 아물어 흥건하게 적신 피만 아니면 아무 일도 일어나지 않은 것 같았다.

그리고 눈을 떴다.

완전히 죽었다고 믿었던 도무진은 황동필의 말대로 그렇게 부활했다.

"오라버니!"

손수민과 아이는 함께 그렇게 부르짖었고 여인은 도무진의 이름을 불렀다. 황동필의 입은 그들보다 한참 늦게 열렸다.

"형님……."

금방이라도 터질 것 같은 울음을 억지로 참는 것 같은 음성이었다. 눈을 뜬 도무진은 그렇게 누워 눈동자만 또르르 굴렸다. 지금의 상황이 어떤지 모르는 것처럼 보였다.

모두들 숨을 죽이고 도무진의 다음 반응을 기다렸다.

그런데 도무진은 다시 눈을 감더니 양손으로 얼굴을 감쌌다. 억누른 한숨으로 그가 괴로워하고 있다는 걸 알 수 있었다.

그 분위기가 너무 무거워 아무도 함부로 말을 붙이지 못했다. 손으로 얼굴을 한차례 문지른 도무진은·이윽고 상체를 일으켰다.

"동필아."

깨어난 도무진이 가장 먼저 찾은 이는 황동필이었다. 황동필은 꿈속을 걷는 것처럼 도무진에게 다가갔다.

"결국 날 깨웠구나."

"기억은 나십니까?"

도무진은 천천히 고개를 끄덕인 후 눈앞에 있는 이들의 이름을 하나씩 불렀다. 손수민의 이름을 나직하게 부를 때 그녀는 울음을 터뜨릴 뻔 했다.

"고작 이십 년이구나."

"네, 고작 이십 년이었지요. 고작… 고작이라고!"

황동필은 갑자기 도무진에게 달려들어 주먹을 휘둘렀다. 워낙 갑작스러운 공격이었기에 주먹은 도무진의 얼굴을 왼쪽으로 돌려놓았다.

"형님에게는 고작 이십 년이었지만 내겐 이백 년 같은 세월이었소! 내게 태산 같은 무거운 짐을 지우고 혼자 도망치더니……!"

주변을 둘러본 황동필이 중얼거렸다.

"여자들만 많구려."

넘어졌던 도무진이 일어서자 다시 한 대의 주먹이 더 이어졌다.

"두 대면 되겠냐?"

다시 팔을 들던 황동필은 '아껴두겠소'라는 말과 함께 주먹을 거뒀다.

"어떻게 된 거지?"

인호가 어렵게 질문을 던졌다.

"얘기를 하자면 길어질 텐데 먼저 손님을 맞이해야 할 것 같군."

일어선 도무진은 옷에 묻은 흙을 툭툭 털었다. 하지만 잔뜩 묻은 피는 어쩔 수 없었다. 도무진이 황동필에게 물었다.

"여분의 옷은 준비했겠지?"

"그런 걸 준비할 정신이 어디 있었겠소?"

"이렇게 될 줄 알았으면서 옷도 준비하지 않았단 말이냐? 쯧쯧… 예나 지금이나 준비성이라고는 전혀 없는 녀석이라니까."

도무진의 시선이 손수민에게 향했다.

"어쨌든 네가 고생했다."

"야단치지 않는 건가요? 오라버니 가슴에 검을 꽂았는데?"

"네가 아니었으면 내가 나로 돌아올 수 없었겠지."

황동필이 투덜거렸다.

"쳇! 이십 년 전에는 내 힘만으로 충분할 거라고 하더니."

"내가 지금처럼 강해질 줄 누가 알았겠느냐?"

도무진의 말이 끝나자마자 숲을 뚫고 누군가 나타났다. 온몸에 먼지를 잔뜩 뒤집어쓴 사람은 목승탁이었다.

"지부장님!"

목승탁도 이 자리에서 손수민을 만난 게 의외라는 듯 물었다.

"네가 여인 웬일이냐?"

"그러는 지부장님은요?"

목승탁의 시선이 도무진에게 고정되었다.

"세상의 안위는 아랑곳하지 않는 비겁한 녀석을 잡으러 왔지."

"형님, 저놈은 누굽니까?"

"칠 인의 성자 중 한 명인 화신이다."

"네? 오호! 이십 년 동안 마당발이 되셨군요. 화신과도 알고 지내시고."

목승탁이 화신이라는 말을 들었는데 황동필은 놀랐을 뿐 두려워하는 표정은 아니었다. 하지만 손수민의 놀람은 황동필의 그것과 비교가 되지 않았다.

"뭐라고요? 지부장님이 화신이라고요? 어떻게… 한낱 신야현 지부장에 불과한 사람이… 화… 화신이 될 수가 있죠?"

도무진이 말했다.

"얘기하자면 기니 그건 나중에 하기로 하고."

도무진은 말길을 목승탁에게 돌렸다.

"오랜만이군. 물론 이 얼굴로는 만난 지 얼마 되지 않았지만 원래의 나는… 한 삼백 년쯤 되었나?"

목승탁이 인상을 찡그렸다.

"무슨 소릴 하는 것이냐?"

"하마터면 자네 손에 죽을 뻔했지. 내 손톱에 난 등의 상처가 꽤 오래갔을 텐데."

목승탁은 아직도 이해하지 못하겠다는 표정이었다.

"내 몸에 상처를 낸 세해귀는 오직……."

말이 멈추고 눈은 커졌다.

"그럴 리가 없지. 불가능한 일이야."

"자네만 모습을 바꿀 수 있는 건 아니네."

"정말… 네가 최초의 흡혈귀란 말이냐?"

손수민이 황동필에게 도무진의 진짜 정체를 들었을 때도 목승탁의 표정과 비슷했었다. 물론 인호 또한 입을 쩍 벌린 채 아연실색한 얼굴이었다.

도무진이 고개를 끄덕이자 목승탁이 물었다.

"그럼 그동안 날 속였던 것이냐? 아니, 그처럼 철저히 속일 수는 없다."

"속인 건 아니네. 나 또한 도무진이란 몸속에 잠들어 있었으니까."

"무슨 말인지 모르겠군."

"어디서부터 얘기를 해야 할까?"

먼 기억을 더듬듯 아련한 표정의 도무진은 꽤 긴 시간 생각을 정리한 후 입을 열었다.

"번천의 그날 난 흡혈귀가 되었지. 다른 세해귀들처럼 말이야. 자네도 알다시피 꽤 고통스러운 과정이었지. 하지만 이성이 돌아왔을 때의 고통에 비하면 육체적인 것은 아무것도 아니었네. 난……."

도무진은 한쪽에서 우두커니 서 있는 황동필을 봤다.

"내가 가장 아끼는 의형제를 흡혈귀로 만들었고 수없이 많은 사람을 죽였지. 이성을 잃고 저지른 행동이었는데 우습게도 내가 죽인 그 사람들이 모두 기억난다는 거야. 어찌 이처럼 잔인할 수 있단 말인가?"

"형님 잘못이 아니오. 하늘에서 떨어진 별 탓이지."

"그렇다고 내 죄가 사라지는 건 아니다. 그런데 마지막이었어야 할 내 살육이 일정 기간이 지나면 되풀이되는 게 가장 큰 저주였지. 난 세상에서 내가 가장 강한 인간인 줄 알았는데, 흡혈귀의 저주 앞에서 내 의지는 모래성보다 못하더군. 자네와 싸웠을 때도 내 상태가 그랬지."

"마흔 명이나 되는 마을 사람이 너에게 죽었었다."

"그랬지. 그 한 명 한 명의 얼굴을 기억하다는 게 어떤 건지 자네는 상상조차 하지 못할 것이네. 난 스스로를 가두기로 했네. 그리고 상당 시간 효과를 봤지. 물론 동필이가 고생을 하기는 했지만."

"알긴 아는구려."

"그런데 어떻게 도무진이 되게 된 거냐?"

"내가 만든 속박이 광기를 이기지 못한 거지. 그 광기의 마지막 희생자가 도무진의 가족이었네. 난 도저히 내 자신을 용서할 수 없었지. 세상에 수백 명, 어쩌면 그들이 만들고 만들어서 수만이나 될지도 모르는 흡혈귀를 낳아놓고 내 자신은 살인귀가 되었으니 말이야. 그런데 빌어먹게 죽을 수가 없더군. 끝없이 삶을 갈구하게 만드는 흡혈귀의 본능을 떨쳐 버릴 수가 없었네. 그래서 생각해 낸 방법이 나를 버리는 것이었지. 도무진의 얼굴로 변해서 나를 잊고 그의 삶을 살기로 한 거야."

도무진은 그때의 기억이 떠오르는 듯 긴 숨을 머금었다.

"도무진은 자신을 흡혈귀로 만들고 온 가족을 죽인 최초의 흡혈귀를 원망하겠지. 알아보니 성정이 강직한 녀석이더군. 나를 찾아다니다 보면 세상에 좋은 일도 할 거라고 생각했지. 그런데 이처럼 강해지고 일이 수습하기 힘들 정도로 커질지는 몰랐군."

목승탁이 물었다.

"그런데 어쩌다 본래의 모습으로 깨어나게 된 것이냐?"

도무진은 곁에 선 황동필의 어깨를 두드렸다.

"도무진이 행여 내가 기대하던 모습이 아닌 흡혈귀의 본성대로 움직이게 되면 이 녀석이 날 깨우도록 되어 있었지."

"그 때문에 이십 년 동안 꼬박 도무진 묘를 지키느라 지겨워 죽는 줄 알았습니다. 저 아가씨를 보자 솔직히 얼마나 반갑던지."

"제가 오라버니의 묘를 찾아갈지 어떻게 알았죠?"

손수민의 물음에 도무진이 답했다.

"실제의 내가 들어가 있는 도무진은 절대 약할 수가 없는 흡혈귀지. 물론 내가 발휘할 수 있는 힘의 백분의 일도 쓸 수 없었지만 결정적인 순간에는 내 힘이 나오게 되어 있어. 그런 도무진이 살인귀가 된다면 세상이 단단히 시끄러워질 거야. 당연히 누군가 도무진의 묘를 확인하기 위해 올 거라 예상했지."

목승탁이 잔뜩 가라앉은 음성으로 물었다.

"도무진이었을 때의 일을 모두 기억하고 있느냐?"

"알고 싶은 게 뭔가?"

"도무진이었을 때는 거부했던 일. 세상의 재앙을 막고 싶은 생각이 있는지 묻고 싶군."

"세상의 재앙이라니? 형님, 저게 무슨 말입니까?"

"번천의 날이 다시 온다는구나."

"네? 그 끔찍한 게 또요?"

"이번에는 처음보다 훨씬 무섭다고 하더군."

"그럼 막아야죠!"

도무진은 고개를 끄덕였다.

"그래야지."

"그게 정말이냐? 또 나를 속이는 건 아니고?"

황동필이 버럭 소리를 질렀다.

"우리 형님을 어떻게 보고 그딴 소릴 하는 것이냐! 비록 번천의 날로 인해 세상이 뒤죽박죽이 되고 형님이 흡혈귀로 변하기는 했지만 당시 형님은······!"

"관둬라. 오백 년이나 지난 일이고 베푼 선행보다 지은 죄가 더 커져 버린 몸이다. 이 일로 내 죄를 씻을 수 있다면 하늘이 내게 주신 기회겠지."

손수민은 문득 생각나는 게 있어서 목승탁에게 물었다.

"지부장님! 아니, 화신님! 번천의 날이 있기 전 천하제일협객은 누구였죠?"

갑작스러운 물음이었지만 목승탁은 잠시 생각을 더듬다가 얘기해 주었다.

"협객이라고 불리는 사람이야 백사장의 모래알처럼 많았지만 천하제일이라고 불릴 협객은 무인검(無刃劍) 철우명(鐵宇明) 한 사람뿐이었지. 그런데 그건 왜 묻느냐?"

손수민의 시선이 도무진에게로 옮겨졌다.

"맞죠? 오라버니가 오백 년 전 그 사람이죠?"

황동필이 어리둥절한 얼굴로 물었다.

"내가 얘기해 주지도 않았는데 자네가 어찌 형님 정체를 아는가?"

황동필의 말은 긍정이나 다름없었다. 거기에 가장 놀란 사람은 목승탁이었다.

"저… 정말이오? 귀하가 정말 무인검 철우명 대협이오?"

이 세상을 지배하는 칠 인의 성자 중 한 명인 화신이 공대까지 써가며 그리 물었다. 도무진의 입가에 쓸쓸한 웃음이 걸렸다.

"오래전 잊힌 이름이지. 이젠 죄인의 별호고. 넌 내가 철우명이라는 걸 어떻게 알았느냐?"

"책에 나와 있었거든요. 최초의 흡혈귀는 그 시대에 가장 의로운 사람일 것이라고요. 그렇지 않으면 세상이 모두 흡혈귀 천지가 되었을 테니까요."

"글쎄. 그 글을 쓴 사람의 생각만큼 난 충분히 의롭지 못했던 모양이다. 지금 이 세상에는 많은 흡혈귀가 있으니."

"형님이 아닌 다른 사람이 흡혈귀가 됐으면 이 세상은 이미 아수라장이 되어 있을 겁니다."

목승탁이 말을 한 황동필에게 물었다.

"그럼 귀하가 무인검의 의동생이면서 천하제일권으로 불리던 금강무적권(金剛無敵拳) 황 대협이겠구려."

"거 참 오랜만에 들어보는 이름이군. 오백 년의 세월이 흘러 듣는 이름이라 어색하기도 하고. 허허!"

오백 년의 세월을 건너뛰어 동시대에 살았던 사람들은 어느덧 그때의 기억으로 돌아가 있었다. 그래서 목승탁은 도무진과 황동필이 흡혈귀라는 것도 잊고 깍듯한 예의를 갖추었다.

"당시 두 분의 명성은 대단했었지요. 특히 납치와 인신매매에 살인까지 일삼던 절강성의 진마문(眞魔門)을 박살 냈을 때는 촌의 한낱 도사였던 내 속까지 후련해졌던 기억이 납니다."

황동필이 그 말을 받았다.

"당시 진마문은 훨씬 전에 없앨 수 있었지. 절강성으로 가던 도중에 칠흉신(七凶神)이라는 놈들의 만행을 듣고 가까운 곳을 먼저 가느라 늦었던 거지."

"오! 칠흉신도 두 분 형제께서 처치하신 거로군요. 당시 칠흉신이 호북성에서 갑자기 자취를 감춰 많은 사람들이 궁금해했었는데 말입니다."

"자넨 그 옛날 일을 잘도 기억하고 있군."

도무진이 황동필에게 말했다.

"동필아. 우리도 예의를 갖춰야지."

도무진은 옷을 가지런히 정리하고 목승탁 앞에 섰다.

"비록 우리가 이 시대에는 다른 존재이기는 하나 의에 살

고 협에 죽기를 바라는 마음은 같으니 어찌 친우(親友)가 될
수 없겠소? 선풍(善風)이 불어 의(義)의 돛을 단 배가 거친 바
다를 건너듯 그대와 내가 한 힘으로 이 세상의 악을 물리치기
위해 힘을 합친다면 이 어찌 좋은 일이 아니겠습니까? 비록
제가 흠 많고 죄 많은 존재이기는 하나 그대의 큰 선행의 길
에 동행을 허락해 주면 고맙겠습니다."

목승탁 또한 의복을 정리한 후 도무진의 앞에 같은 자세로
자리했다.

"보잘것없었던 제게 하늘이 과분한 힘을 주서서 오늘의 이
자리까지 왔지만 어찌 협의 대지요, 의의 바다인 철우명 대협
께 비하겠습니까? 오랜 세월 내 가진 힘만 믿고 교만해졌던
마음을 철 대협께서 일깨워 주신 것은 사람이 불을 발견한 것
과 다름없습니다. 부디 제 어리석음을 깨달을 수 있도록 많은
꾸짖음을 부탁드립니다."

도무진이 황동필에게 시선을 돌렸다. 머리를 긁적인 황동
필도 자세를 바로잡았다.

"저야 뭐 두 분처럼 멋지게 말할 말주변도 없고, 아는 글자
야 백 개도 되지 않는 무식쟁이라 멋진 말도 읊을 수 없으니
그냥 느낀 대로 말하겠습니다. 칠 인의 성자에 대해서는 오랫
동안 들어 알고 있었습니다. 뭐 그들이 하는 일이 언제나 마
음에 든 건 아니지만 그 오랜 세월 사람들을 위해 싸워온 것

은 분명 대단한 일입니다. 이에 황 모는 화신과 천년만년 변치 않는 친우가 되길 원합니다."

목승탁은 포권을 하며 허리를 숙였다.

"부족한 저의 영광입니다."

손수민에게는 저런 모습들이 낯설었다. 다른 이가 된 것 같은 도무진도 그렇고 목승탁 또한 마찬가지이다. 화신이라 불리는 그가 저런 공손한 자세를 표할 수 있는 자가 세상에 누가 있겠는가?

도무진과 황동필이 아무리 대단한 협객이었다고 해도 이미 오백 년 전의 일이다. 오랜 세월 신으로 추앙받아 온 목승탁이 오백 년 전의 기억만으로 저리 공손한 것은 이해할 수 없었다.

그녀의 의문은 뒤로하고 목승탁이 입을 열었다.

"이제 앞으로의 일을 얘기해야 할 것 같습니다."

"마계혈 말씀이군요."

목승탁의 입에서 시름 깊은 한숨이 나왔다.

"너무 중대하고 어려운 일이라⋯⋯."

"화신께서는 이미 방법을 찾지 않으셨습니까?"

"하지만⋯⋯."

"누군가 희생해야 한다면 이 세상에 저만큼 적합한 이도 없을 겁니다."

황동필이 깜짝 놀라 물었다.

"마계혈은 뭐고 희생은 또 뭡니까?"

도무진은 마계혈에 대해 간략하게 설명해 주었다. 물론 손수민도 처음 듣는 얘기라 놀라움이 컸다.

"형님 몸속으로 화신이 들어가서 마계혈을 막는다고요?"

"지금으로써는 그 방법뿐이다."

"하지만 그렇게 되면 형님은……."

"우리가 의형제를 맺으며 했던 맹세를 잊었느냐?"

"내 목숨은 의와 협의 아래에 있으니 옳은 일을 행함에 있어 삶을 생각하지 않을 것이다."

"기억하고 있구나."

"너무 똑똑히 기억하고 있어서 탈이지요."

"마계혈은 우리가 죽이거나 가뒀던 몇몇 악인과는 비교할 수 없는 세상의 재앙이 될 것이다. 그걸 막을 수 있다면 어찌 가볍고 가벼운 내 목숨을 아끼겠느냐?"

황동필은 고개를 푹 숙였다. 말은 이해하지만 가슴이 도무진의 죽음을 받아들이지 못하는 모습이었다. 도무진은 그런 황동필의 어깨를 쓰다듬은 후 목승탁에게 물었다.

"마계혈을 들어가는 데 고도의 술법이 필요한지요? 낮은 술법 정도라면 저도 가능합니다. 부적으로 해결이 가능하다면 굳이 화신까지 목숨을 걸 이유가 없잖습니까?"

"무인검의 말씀은 고마우나 마계혈에 발을 들여놓기 위해서는 저 정도의 법력이 꼭 필요합니다. 제 능력이 모자라 일이 이렇게 어렵게 되었군요."

"사람 인(人)이 서로 기댄 이유가 서로를 의지하라는 뜻 아니겠습니까? 시간이 그리 많지 않은 듯하니 서두르기로 하지요."

황동필이 깜짝 놀라 물었다.

"형님. 지금 당장 출발하려고요?"

"그 힘이 점점 강해지는 마계혈이니 빨리 막는 것이 좋겠지."

"알겠습니다. 그렇다면 지금 출발해야지요."

황동필이 손수민에게 말했다.

"자네는 다시 관으로 들어가야……."

"아니다. 화신과 나만 가는 걸로 하자."

"네? 하지만 두 분만 가서서 회생의 법을 시행하면……."

그렇다. 도무진이나 철우명을 다시 볼 수 없게 된다.

"그건 안 됩니다! 어찌 이 길을 형님 혼자 보낸단 말입니까? 절대 안 됩니다!"

마계혈이 곧 사지라는 건 알고 있었다. 하지만 죽음으로 보내는 이별의 시간은 필요했다. 서로 술잔도 기울이고 지난 추억을 나누며 때론 솔직하게 슬퍼서 눈물도 보이는, 그들이 만들 새로운 날이 행복하리라는 희망을 얘기하며 위로하는 과정을 원했다.

떠나는 자나 남은 이 모두 그 과정에서 슬픔을 희석시킬 수 있었다. 그래서 황동필은 저리 화나고 간절한 외침을 토하는 것이다.

"우리에게 죽음은 언제나 곁에 있는 그림자와 같았다. 번천의 날 전이나 후나 그랬지. 그것을 새삼스레 슬퍼할 필요가 있겠느냐? 오히려 죽음의 순간을 알기에 이처럼 이별할 수 있는 시간을 가지게 된 걸 감사해야지."

"하지만… 너무 짧잖아요?"

"길어서 좋은 건 네 가운데 물건밖에 없다, 녀석아. 허허허!"

농담을 건넨 도무진은 황동필을 안았다. 두 사람의 나란히 포개진 어깨 위로 달빛이 소담스레 내려앉았다.

지금 자리한 이들 중 누가 저들의 마음을 헤아릴 수 있을까? 아무리 사랑하는 여인이라 해도 오백 년을 이어온 저들의 형제애와 우정 앞에서는 고개를 숙일 수밖에 없을 것이다.

등을 툭툭 두드린 도무진은 황동필을 밀어냈다. 황동필은 애써 눈물을 삼키려 했지만 결국 붉어진 눈가에 물기가 비치고 말았다.

"젠장!"

도무진의 시선이 인호 모녀에게로 향했다. 그녀들의 얼굴은 이미 눈물로 범벅이 되어 있었다.

"오라버니. 정말 죽으러 가는 거예요?"

어린아이에게도 죽음의 의미는 항거할 수 없는 슬픔으로 다가왔다.

"아주 먼 훗날 하늘나라에서 만나게 될 거야."

아이를 껴안아 준 도무진은 인호에게 돌아섰다. 인호는 큰 숨으로 눈물을 삼킨 후 말했다.

"결국 이렇게 헤어지네."

"그동안 고마웠다."

"도무진으로서 아니면 최초의 흡혈귀로서?"

"둘 모두. 네가 아니었다면 도무진이 훨씬 힘들었을 테고 그건 곧 내 괴로움이었을 테니까."

도무진의 가슴을 쓰다듬던 인호가 그 옷깃을 꼭 움켜쥐었다.

"안 가면… 안 돼?"

그렇게 묻는 그녀의 눈에서는 다시 눈물이 흐르기 시작했다. 참으려고 깨문 입술이 하얗게 탈색되었지만 눈물이 멈추지 않았다.

"이 길을 가지 않으면 난 죽음보다 고통스러운 삶을 살아야 할 거다."

"당신은 살아야 하잖아! 그게 흡혈귀의 본능이잖아! 그런데 왜 죽으려고 해!"

"내 본능 때문에 수많은 사람이 죽었으니 이제 그 본능을 이겨봐야지. 당신도 분노를 이기고 다시 수련을 해봐. 소영이를 위해서라도."

인호를 안아준 도무진은 마지막으로 손수민에게 다가왔다. 여기 모인 이들 중 어쩌면 자신이 도무진과 가장 먼 사람일 거라는 생각이 들었다.

그녀와 도무진은 단지 한 지부에서 생활을 했을 뿐이다. 그녀를 위해 분노하고 싸우기는 했지만 도무진이 가지고 있는 본능 같은 협기일 뿐이었다.

그녀 홀로 사랑했을 뿐 도무진에게 그녀는 동료, 그것도 과거의 동료 이상은 아니었다. 그래서 눈물을 흘리는 것조차 어색했다. 도무진은 막내 여동생에게 그러하듯 그녀의 머리를 좌우로 쓸어 흐트러뜨렸다.

"좋은 물건 많이 만들고 세상을 너무 겁내지 마. 네가 여기서 있는 게 네 용감함의 증거니까."

손수민은 그저 고개를 끄덕였다. 하고 싶은 말은 많았지만 입술만 덜덜 떨릴 뿐 말이 되어 나오지 않았다.

미소 띤 얼굴로 마주 고개를 끄덕여준 도무진은 황동필과 마지막으로 손을 맞잡은 후 수혼의 등에 올라탔다. 이 순간만은 그녀가 수혼이고 싶었다.

"마지막이 아닐 거예요!"

손수민은 자신도 모르게 그렇게 소리쳤다. 도무진은 무슨 뜻인지 몰라 그녀를 보고만 있었다.

"오라버니는 언제나 모두의 예상을 깨는 분이었잖아요! 이번에도 그럴 거예요! 꼭!"

도무진은 희망을 얘기하는 손수민에게 웃음을 보인 후 수혼에게 말했다.

"가자."

제23장
배신

오희련은 탁자 위에 놓인 책을 봤다.

아여의타동심법.

"이게 뭐죠?"

"이미 알고 있지 않느냐?"

물론 목승탁에게 들어서 알고 있었다. 타인의 마음을 조종할 수 있는, 몽마의 자식인 오직 그녀만이 익힐 수 있는 술법이다.

"이걸 내게 주는 이유가 뭔가요?"

"곧 필요할 것이기 때문이다. 망니적술법은 모두 익혔느냐?"

"당신이 그걸 어떻게 알고 있죠? 설마 그 함정은 당신이 만든 건가요?"

"네게 선물을 주기 위한 장치였을 뿐이다."

오희련은 양손으로 탁자를 치며 일어섰다.

"선물은 무슨 얼어 죽을! 수련생이 두 명이나 죽었는데!"

"넌 그 덕분에 아여의타동술법을 익히기 위해 필요했던 망니적술법을 얻었잖느냐? 그리고 아무 의심 받지 않고 목승탁에게 술법을 익힐 수 있는 방법도 알아냈고. 아주 작은 희생이었을 뿐이지."

오희련은 아여의타동심법을 가리키며 물었다.

"그럼 이걸 익히기 위해서는 어떤 희생이 필요한 거죠? 이번에는 내가 누굴 강간이라도 해야 하는 건가요?"

선우연은 돌아서며 말했다.

"그것보다 훨씬 큰 희생이 될 것이다."

"이봐요! 이 책만 덜렁 던져 놓고 그냥 갈 생각은 아니겠죠? 나보고 뭘 어떻게 하란 거예요?"

"때가 되면 안다."

*　　　*　　　*

"아참! 이걸 깜빡 잊고 있었군요."

도무진은 품에서 보자기에 싸인 목승탁의 원정을 꺼냈다. 보자기를 받아 펼친 목승탁은 깜짝 놀랐다.

"어찌 이게 무인검께 있는 겁니까?"

도무진은 황선백과 있었던 사연을 얘기해 줬다.

"당시 의도는 순수하지 않았지만 잘된 일이지요. 이 몸을 치료하기 위해 큰 희생을 하셨더군요."

"어차피 죽을 목숨이니 생명력은 있어서 뭐하겠습니까?"

"그래도 혹시 모르니 넣어두셔야죠."

"알겠습니다. 추한 모습을 보이기는 싫으니 잠시 다른 곳으로 가야겠습니다."

목승탁은 도무진의 눈에 띠지 않는 숲속으로 들어갔다. 원정을 뺄 때도 그렇지만 다시 넣을 때도 극심한 고통을 동반한다. 번천의 날, 그 빛을 받아들였을 때 느꼈던 정도의 고통이었다.

보자기를 풀자 주먹 크기의 하얀색 원정이 은은한 빛을 발했다. 바위 위에 가부좌를 튼 목승탁은 원정을 정수리 위에 놓았다. 원정은 그의 머리 한 치 위에 멈춰 몸이 다시 받아들이기를 기다렸다.

"제대향신청성인(齊待香信淸聖人), 향연침침인건곤(香煙沈沈氤乾坤), 점기청향투법문(點氣淸香透法門), 남신북두공하강(南辰北斗共下降)……."

원정이 길게 늘어지더니 목승탁의 정수리로 파고들었다. 하늘을 향한 정수리가 열리는 순간 고통은 찾아왔다. 온몸의 뼈가 세로로 쪼개지는 느낌이었고 장기는 빨래를 짜는 것처럼 뒤틀렸다.

비명을 참기 위해 깨문 어금니가 금방이라도 깨질 것처럼 우두둑거렸다.

"끄으윽!"

주문을 외우는 중간중간 신음이 새나왔다. 주문은 무려 일각 동안이나 이어졌고 그 시간은 고통 그 자체였다. 너무 아파서 원정을 다시 넣은 것을 후회할 정도였다.

긴 주문이 끝나고 원정이 자리를 잡자 비로소 고통이 썰물처럼 빠져나갔다. 다시는 하고 싶지 않은 경험을 끝낸 목승탁은 도무진이 있는 곳으로 돌아갔다.

바위에 앉은 도무진은 수혼에게 풀을 뜯어서 먹이고 있었다.

"잘됐습니까?"

"네. 신세를 졌습니다."

"비긴 것으로 하지요."

목승탁은 풀을 먹이고 있는 도무진을 보며 실로 오랜만에 사람으로서의 평화로움을 느꼈다. 만민수호문의 성자가 된 후 오랜 세월 그는 신의 대리인처럼, 때로는 신 그 자체인 것처럼 살아왔다.

어깨에는 사명이라는 짐을 지고 머리에는 군림이라는 원치 않는 왕관을 쓴 그의 삶에서, 인간성은 한여름 증발하는 물처럼 서서히 사라져 갔다.

그나마 다른 성자들보다 목승탁이 더 인간다울 수 있었던 것은 뿌리를 그리워하는 향수가 더 짙었기 때문일지도 모른다.

그러던 그에게 오백 년 전 그때를 생생하게 떠올려 줄 두 사람이 나타났다. 현재의 사람들이 칠 인의 성자에게 그러하듯 당시 목승탁은 철우명과 황동필을 경외했다. 마음속에 반딧불만 한 협기라도 가지고 있는 사람이라면 그 두 협객을 우러러보지 않는 이가 없었다.

짐도 없고 왕관도 없던 오백 년 전 그때, 한 시대를 함께 호흡했던 두 사람이 나타난 순간 목승탁은 희열을 느꼈다. 그들이 흡혈귀이든 다른 무엇이든 상관없었다.

철우명과 황동필이라는 두 협객은 목승탁을 온전히 사람으로 이끌어주는 이정표 같았다. 그들과 함께 있으면 그는 이 세상의 안위를 책임진 칠 인의 성자가 아니라, 이 세상 안에 섞여서 살아가는 한 사람의 범부처럼 느껴졌다.

목승탁은 문득 당시 철우명이라는 이름으로 협행을 하던 도무진이 어떤 기분이었는지 궁금했다. 지금의 자신처럼 의무에 짓눌린 삶을 살았을까? 그래서 물었다.

"왜 그토록 치열하게 협행을 하셨습니까?"

처음에는 어리둥절한 표정을 짓다가 이내 알아들은 듯 희미한 웃음을 머금었다.

"할 수 있었으니까요."

"할 수 있다고 모두가 그 험난한 길을 걷지는 않습니다."

"험난하지 않았습니다. 오히려 외면하는 게 제겐 더 괴로운 일이었죠. 마음이 이끄는 대로 살았으니 제게는 기쁨이었습니다."

마음이 이끄는 대로 따라가는 삶. 도무진은 그런 삶을 살았던 것이다. 누군가에게 칭찬을 받기 위해서도 아니고 세상의 눈을 의식한 것도 아닌, 그렇게 협객이 된 도무진은 그래서 뼛속까지 의인인 것이다.

'아! 난 참으로 어리석은 인간이었구나!'

목승탁은 한탄을 했다. 만민수호문을 세우고 세상 인간들을 보호하겠다는 맹세를 한 그는, 그저 의무에 눌려서 살아왔을 뿐이다.

시나브로 사라지는 인간성을 그는 세월 탓이라 여겼다. 하지만 만약 도무진이었다면 달랐을 것이다. 성자에 가장 잘 어울리는 사람은 도무진이었는데 운명은 우습게도 그를 흡혈귀로 만들어 버렸다.

"제가 당신을 만난 것은 인생에서 가장 큰 행운입니다."

"갑자기 무슨 말씀인지는 모르겠으나 기분은 나쁘지 않군요. 허허허!"

죽음을 향해 달려가는 길, 조금 더 일찍 만나지 못한 게 아쉬웠다.

*　　　*　　　*

흑림은 여전히 암울한 검을 빛을 띠고 그들을 맞았다. 흑림의 초입에서 걸음을 멈춘 도무진은 인상을 찌푸렸다.

"귀기가 심상치 않구려."

"마계혈 탓에 근래 들어 더욱 심해졌습니다."

흑림을 응시하던 도무진이 말했다.

"회생의 법을 시행하기 전에 화신께서 제게 해주실 일이 있습니다."

"말씀만 하시지요."

"회생의 법에 방해가 되지 않는다면 제 본성을 억누를 수 있는 부적을 붙여주셨으면 합니다."

철저하게 죽음을 거부하는 흡혈귀의 본성이 회생의 법을 시행하기 전이나 도중에 튀어나올 수도 있었다. 아니, 틀림없이 도무진의 이성에 반하는 본능이 날뛸 것이다.

"그리하지요."

도무진이 먼저 황토색 땅과 흑림의 경계에 발을 들여놓았다. 그 등을 보는 목승탁의 가슴은 만 근 바위가 누르는 것처럼 답답해졌다.

돌이킬 수 없는 길로 들어섰다. 목승탁은 도무진의 외형을 가질 것이고, 도무진은 영원히 사라지게 된다.

도무진의 죽음이 왜 이처럼 가슴 아픈 걸까? 아마 이런 감정을 가질 수 있게 만들어준 이가 도무진이어서일 것이다.

마모되어 종잇장처럼 얇아진 그의 인간성을 오백 년 그때로 되돌려 준 이. 그런 도무진이기에 그의 죽음이 안타깝고 가슴이 시린 것이다.

그의 인생에 최초이자 최후의 친우가 될 수 있는 이의 죽음을 품은 목승탁의 걸음은 한없이 무겁고 느렸다. 그의 마음을 모르는 듯 앞서 가는 도무진의 뒷모습은 흔들림도 없었다. 자신의 죽음이 남의 일인 것처럼.

"회생의 법을 하루 정도 늦출 수도 있습니다. 어쩌면 이틀쯤."

목승탁의 말에 도무진은 고개도 돌리지 않고 말했다.

"밤이 길면 꿈도 길어지는 법이지요."

"왜 그리 죽음을 서두르는 겁니까?"

"괴롭기 때문이오."

이윽고 걸음을 멈춘 도무진은 목승탁을 돌아봤다. 괴로움을 얘기하는 도무진의 얼굴은 딱딱하게 굳어 있었다. 그 얼굴에서 굳이 얘기하지 않아도 이유를 알 것 같았다.

"이성을 잃었을 때 죽인 사람들 때문입니까? 하지만 그건 불가항력이었고, 무인검께서는 그 죄를 덮을 만큼의 선행도 쌓았습니다."

"내가 했다는 선행 같은 건 기억나지 않습니다. 오직 내게 죽어가던 사람들의 비명과 난무하는 피, 간절하게 삶을 갈구하던 그들의 눈빛만 생생할 뿐이지요. 더 두려운 건 제가 계속 살아간다면 또 그런 일을 저지를 수 있다는 겁니다."

소인은 자신의 과보다 공을 앞세우고 대인은 자신의 과보다 큰 선을 행해도, 못을 박았다 뺀 자국처럼 남은 과의 흔적만으로 괴로워한다.

"이쪽입니다."

목승탁은 걸음을 서둘러 도무진을 앞질렀다. 감정이 격해져 눈물을 보이는 추태를 막기 위해서다.

흑림 안에 사는 세해귀들은 이전보다 노골적으로 위협적인 기운을 뿜어냈다. 버릇없는 녀석들을 죽이고픈 마음을 억누르며 목승탁은 우측 봉우리의 성전으로 향했다.

지금 생각해 보면 세상을 혼돈으로 빠뜨릴 마계혈과 그

세상을 지키려는 자들의 보금자리가 한 자리에 있는 것도 우스웠다.

"이곳이 만민수호문의 본거지요?"

"그렇습니다."

"살아 있는 나무들이 이런 형상을 만들다니. 신기하군요."

"성자들은 아직도 나무와 돌들이 왜 이처럼 성전을 만들었는지 알지 못합니다. 우리들의 기운으로 마계혈이 열리는 걸 억제하라는 뜻이 아닐까 예상할 뿐이지요."

"그럴 수도 있겠군요."

성전의 이층으로 올라가는 계단을 밟으며 목승탁이 말했다.

"먼저 성녀님을 만나야 합니다."

"여자도 있었나요?"

"칠 인의 성자 중 여섯 명은 대외적으로 행동하는 사람들이고 성녀님은 이곳을 지키고 계시지요. 오직 성녀님만이 회생의 법을 시행하실 수 있습니다."

"그분이 성자들의 목숨을 쥐고 있는 것이나 마찬가지군요."

"그런 셈이지요."

성녀는 이층에서 그들을 기다리고 있었다. 이십 대 초중반으로 보이는 그녀는 오백 년을 넘게 산 도무진이 멈칫할 정도로 아름다웠다.

"당신이 도무진이라는 흡혈귀겠군요?"

아름다운 음성으로 묻는 그녀의 말투에 흡혈귀라서 경시하거나 하는 기색은 보이지 않았다.

"신세를 지겠습니다."

도무진의 정중한 인사에 그녀는 의외라는 표정을 지으며 목승탁을 봤다.

"듣던 것과는 다르네요."

목승탁은 도무진이 최초의 흡혈귀이며 오백 년 전 당시 천하제일협객으로 불렸던 철우명이라는 사실을 알려줬다.

"그러시군요. 여러 가지로 마음고생을 하셨겠네요."

"제가 짊어져야 할 업보지요."

"좀 쉬셨다가 회생을 법을 시행할까요?"

그녀가 말한 '좀'이 어느 정도인지는 알 수 없지만 도무진은 사양을 했다.

"되도록 서둘러 주셨으면 합니다. 마계혈이 쉴 정도로 여유롭지 않은 것 같으니 말입니다."

성녀의 눈길을 받은 목승탁도 고개를 끄덕였다.

"두 분의 의향이 정 그러시다면. 잠시 후에 고 집사를 보내겠습니다."

그녀는 복도의 모퉁이를 돌아 사라졌다.

"화신께서는 부적을 준비하셔야죠."

"그러죠."

목승탁은 주사가 든 통과 부적으로 쓸 종이를 가져와 탁자 위에 놓았다. 급이 낮은 세해귀의 본능을 억제하는 부적을 그리는 건 어렵지 않았다. 하지만 최초의 흡혈귀라면 법력을 최대한 끌어 올려야 한다.

흑림은 귀기가 충만한 곳이기는 하지만 성전만큼은 법기가 강했다. 그래서 능히 도무진의 본능을 억제할 수 있는 부적을 만들 수 있었다.

입으로 주문을 중얼거리며 네 장의 부적을 그린 목승탁이 붓을 놓았다.

"한 장은 이마에, 한 장은 중극혈에, 다른 한 장은 단전에 붙이십시오. 그리고 마지막 이것은 드셔야 합니다."

도무진은 목승탁이 시키는 대로 부적을 붙였다. 살에 닿은 부적은 희미하게 변하더니 곧 모래에 스며드는 물처럼 피부 속으로 사라졌다.

마지막 부적을 삼키는 도무진의 미간이 찡그려졌다.

"식도가 좀 뜨거울 겁니다."

너무 늦은 경고였다. 그들이 준비를 모두 끝내자 고붕악이 나타났다.

"성녀님이 준비를 마치셨습니다."

두 사람은 고붕악을 따라 회생의 법이 진행될 방으로 갔다. 사방이 나무로 둘러싸인 그 방에는 두 개의 석관이 세워져 있었다.

도무진은 문득 지하실에서 봤던 황선백 생각이 났다. 황선백 또한 저처럼 생긴 관 속에서 몸을 치료하고 있었다.

두 개의 관을 마주한 목승탁은 도무진에게 돌아서더니 포권을 취했다.

"무인검 대협을 만날 수 있었던 건 제 생애 최고의 영광이었습니다."

"이 생에서 이어지지 못한 우의(友誼)는 다음 생에 꼭 이어지기를 바라겠습니다."

아쉬운 시선으로 도무진을 보던 목승탁이 먼저 우측 관으로 들어가 섰다. 굳이 말하지 않아도 도무진의 것이 좌측의 관이라는 걸 알 수 있었다.

두근!

지척으로 다가온 죽음의 순간이 오자 심장이 크게 뛰었다. 죽음을 거부하려는 흡혈귀의 본능이 튀어나오려고 했지만 목승탁의 부적 덕분에 격렬한 심장의 떨림 이상은 느껴지지 않았다.

검을 벗어 벽에 세워둔 도무진은 서둘러 관 속으로 들어갔다. 마음을 차분히 가라앉히려 했지만 심장은 여전히 곧 터질 것처럼 요동쳤고 두려움이 스멀스멀 밀려왔다.

물론 죽음은 누구에게나 무서운 것이다. 아무리 목숨을 초 개와 같이 버릴 수 있는 자라도 그 두려움마저 사라지는 것은 아니다. 하지만 의연하게 맞이하는 것과 공포에 덜덜 떠는 것 은 분명 다르다.

아무리 감정을 가라앉히려 해도 공포는 말초신경의 끝자 락까지 잘근잘근 씹고 있었다. 그의 공포를 읽었는지 성녀가 말했다.

"본능까지 누를 수 있다니. 대단하시네요."

도무진은 굳이 부적 덕분이라고 말하지 않았다. 그저 눈을 감고 이 순간이 빨리 지나가기만을 바랐다.

고목의 가지로 엮인 천장에서 스물네 개의 줄이 내려왔다. 열두 개는 도무진 앞에서, 나머지는 목승탁 앞에서 멈췄다. 저것 또한 황선백의 그것과 비슷했다.

"태상왈(太上曰), 황천생아(皇天生我), 일월조아(日月助我), 성신영아(星辰暎我), 제선거아(諸仙擧我), 사명여아(司命與我), 태을림아(太乙臨我)……."

성녀의 긴 주문이 이어지며 천장에서 내려온 줄이 관속으 로 들어왔다.

스스로 살아 움직이는 듯 꾸물거리는 줄에서 투명한 액체 가 울컥울컥 쏟아졌다. 끈끈한 액체가 죽음의 실체 같았다. 두려움과 싸우기 위해 이를 악문 도무진은 아예 눈을 감아버렸다.

살에 닿는 액체의 감촉은 그리 기분 좋지 않았다. 하긴 이 상황에서는 비단금침이라도 가시처럼 느껴질 것이다.

액체는 투명한 막에 갇힌 것처럼 관 밖으로 흘러나가지 않고 차곡차곡 쌓여 도무진을 옥죄어왔다.

액체가 가슴을 지나 턱까지 차오르자 도무진의 공포는 극에 달했다. 저절로 팔이 휘저어지려 하는데 꼼짝도 할 수 없었다. 액체는 세상에서 가장 강력한 접착제처럼 도무진을 옴짝달싹할 수 없게 만들었다.

추한 꼴을 보이지 않을 수 있어서 다행이란 생각이 들었다. 턱을 지난 액체가 코에 다다를 쯤 낯선 음성이 들렸다.

"순조롭게 진행되고 있군요."

도무진은 감고 있던 눈을 떴다. 딸기코에 짧은 콧수염을 기른 오 척 단구의 육십 대 노인이 어느새 방 안에 들어와 있었다.

"의선(醫仙)께서는 여전히 성질이 급하시네요."

성녀의 말에 의선은 싱글싱글 웃으며 대답했다.

"내 성격에 이 정도 참은 건 초인적인 인내지요. 헐헐헐!"

성녀가 모든 것을 하는 줄 알았는데 의선이라는 사람도 필요한 모양이다. 그런데 목승탁의 목소리가 들렸다.

"회생의 법을 행하는데 왜 자네가 들어온 것인가?"

목승탁의 음성은 물속에서 말을 하는 것처럼 서너 개의 울림으로 흩어져서 나왔다.

"쯧쯧쯧… 오백 년을 넘게 살았으면서도 자넨 어찌 그리 순진하단 말인가? 나이를 헛먹었어, 헛먹어."

도무진은 뭔가 잘못되었다는 걸 느꼈다. 하지만 눈 밑까지 차오른 액체의 속박은 너무도 강해서 손가락 하나 까딱할 수 없었다. 액체가 점점 양을 더해가면서 눈에 이르렀지만 도무진은 눈을 감지 않았다.

세상이 점점 뿌옇게 변했다. 그래도 투명한 얼음을 사이에 둔 것 같은 시야는 확보할 수 있었다.

"의선. 자네 지금 무슨 소릴 하는 것인가? 성녀님, 어찌 된 일입니까?"

목승탁의 물음에 성녀가 가는 한숨을 쉬었다.

"저도 어쩔 수 없었음을 이해해 주세요."

"협박이라도 받은 겁니까?"

의선이 말했다.

"누가 감히 성녀님을 협박할 수 있단 말인가?"

목승탁도 도무진만큼이나 혼란스러운 모양이다. 그사이 액체를 모두 채워 넣은 줄이 관을 떠나 천장으로 사라졌다. 몸을 구속하는 액체 안에서 신기하게 숨까지 쉴 수 있었다.

하지만 목승탁과는 다르게 도무진은 입을 열 수가 없었다. 그저 눈만 뜬 채 돌아가는 상황을 지켜보는 게 그가 할 수 있는 전부였다.

"대체 무슨 일을 꾸미는 겁니까?"

비로소 목승탁의 음성에서 노기가 섞여 나왔다.

"화신님은 마계혈을 막으려 하지 말았어야 했습니다."

"마계혈을 막지 않다니요? 세상에 재앙이 오도록 내버려두라는 말씀입니까?"

의선이 말했다.

"다시 오는 번천의 날이 세상의 재앙이 되라는 법은 없지."

"세해귀도 알고 있는 걸 왜 자넨 모른단 말인가!"

"칠 인의 성자 중 한 명이 한낱 세해귀의 말에 귀를 기울이고 흡혈귀 따위와 친우를 맺다니. 성자의 얼굴에 먹칠을 해도 유분수지 말이야."

"칠 인의 성자가 무엇인데! 만민을 보호하는 것이 우리의 사명이야! 세상의 재앙을 막지 않는다면 대체 칠 인의 성자가 왜 필요하단 말인가!"

"그 사명 속에서 허덕이는 사람은 자네 혼자뿐이야. 우린 좀 더 높은 곳을 보고 있지."

"우리라면……."

"자네를 뺀 나머지 성자 모두지."

"아!"

목승탁의 입에서 절망적인 탄성이 터졌다.

"우린 세상에 군림하고 있지만 아직은 인간일 뿐이지. 그런데 번천의 날이 다시 일어나고 오백 년 전 그날처럼 우리에게 다시 한 번 별이 떨어지면 어떻게 되겠나? 지금 우리 능력보다 더 큰 능력을 가지게 된다면 말이야. 우린 말로만 이르는 신의 경지가 아니라 정말 신이 될 수도 있네. 우리가 발을 디딜 그 신세계가 궁금하지 않나?"

"이미 대적할 자 없이 충분히 강한데도 더 이상을 원한단 말인가? 단지 궁금해서? 성녀께서는 왜 저런 자들을 두고 보고만 있는 것이오?"

"정말 그 이유를 모르시나요?"

"정말 모르겠습니다. 누구보다 이 세상을 염려하는 성녀님이 아니십니까?"

"전 지난 오백 년 동안 제가 걱정하던 세상은 보지도 못했습니다. 그 세상은 어디 있나요?"

성녀의 물음에 목승탁은 아무 대답도 못 했다. 그러자 성녀의 말이 이어졌다.

"흑림이 제가 아는 세상의 전부입니다. 이 좁은 곳에 갇혀 살아온 오백 년을 당신은 상상이나 할 수 있나요?"

"각자의 형벌 같은 것이 우리가 가진 힘의 대가입니다."

성녀의 목소리가 높아졌다.

"너무 가혹한 형벌이죠! 세해귀가 우글거리는 추하고 더러운 검은 숲에서 늙지도 죽지도 않고 살아가는 건 세상에서 가장 잔인한 지옥이에요! 전 그 지옥을 탈출하고 싶은 겁니다!"

"마계혈이 열린다고 해서 성녀님이 흑림을 벗어난다는 보장이 있습니까?"

"그걸 누가 알겠어요? 그래서 마계혈이 열려야 하는 겁니다."

"제발… 우리가 지키겠다고 맹세한……."

"그런 맹세는 개나 줘버리세요! 당신은 날 사랑하잖아요! 한 번도 얘기하지 않았지만 우리 둘 모두 알고 있잖아요! 하찮은 인간 군상들이 나보다 중요하단 말인가요?"

목승탁의 힘없는 목소리가 흘러나왔다.

"아니오. 내가 사랑하던 성녀는 당신 같은 사람이 아니오."

의선이 말했다.

"그러게 내 뭐랬습니까? 이백 년 전 다른 네 명의 성인들과 함께 화신을 죽이자고 했잖습니까? 저 고집불통은 절대 우리와 뜻을 함께하지 않을 거라고요."

"그게 무슨 말인가? 이백 년 전… 설마 그해 죽은 성자들이 모두……."

"마계혈이 열릴 것은 예견된 일이었네. 오히려 자네가 가장 늦게 알았지. 마계혈이 열리기를 바라던 성인들은 반대하는 성인들을 추려내기 시작했네. 굳이 묻지 않아도 그동안 행동해 온 것을 보면 알 수 있었지. 반대쪽에 자네도 포함되어 있었지만 당시 자네 목숨을 구한 분은 성녀님이네. 마계혈에 대해 알아차리지 못할 거라고 우릴 설득하셨지. 하지만 결국 이렇게 되어버렸군."

"어찌… 수백 년을 정의를 위해 함께 싸웠던 형제 같은 사람들을… 대체 당신들은 무슨 짓을 하는 거야!"

목승탁의 분노가 방 안을 가득 채웠지만 할 수 있는 게 없었다.

"내가 천하제일명의로서 장담하는데 화는 몸에 극히 좋지 않네. 하긴 건강을 걱정할 때는 아니지만. 헐헐헐!"

의선의 웃음 속으로 한 사람이 또 등장했다. 창백한 피부에 푸른빛에 가까운 입술을 가진 차가운 인상의 청년이었다. 그 사람을 본 의선이 못마땅한 표정을 지었다.

"빙천 자네는 어째 골라도 항상 같은 인상을 가진 사람만 고르는가?"

"자네가 외모를 논할 처지는 아닌 것 같군. 화신의 원정은 언제 빼낼 텐가?"

"내 원정으로 무슨 짓을 하려고?"

의선이 그 물음을 받았다.

"죽으면 소멸될 텐데 아깝잖나? 내가 오랜 연구 끝에 자네 원정을 나눠 가질 수 있는 방법을 찾았네. 그리고……."

의선의 시선이 도무진에게 옮겨졌다.

"자네가 찾은 육체는 내가 잘 쓰겠네."

도무진의 몸을 의선이 차지하겠다는 말이었다.

"이놈! 그건 절대 안 된다!"

의선이 능글맞게 웃었다.

"왜? 자네가 쓰려던 것이라서?"

"저분은 네가 감히 욕심낼 그런 몸이 아니다!"

"헐헐헐! 얘기는 들었지. 무인검 철우명이었다고? 나도 그 이름은 기억하고 있네. 위명이 쟁쟁하기는 했지. 그래서? 그때는 철우명이 천하제일고수였을지도 모르지만 지금 우리에게 비하면 너무 약해서 십초지적도 되지 못할걸?"

"무공의 고하 따위를 말하는 게 아니다! 너처럼 표리부동하고 간악한 인간이 무인검을 탐내다니! 돼지가 진주 목걸이를 보고 침을 흘리는 꼴이지!"

의선의 입가에 걸렸던 웃음이 사라졌다.

"옛정을 생각해서 고통 없이 죽여주려 했더니 입이 화를 자초하는구나."

"그 정도 말에 발끈하다니. 자넨 속이 너무 좁아."

말을 하면서 나타난 자는 철제 선우연이었다.

"아! 철제 자네까지."

목승탁의 탄식에 선우연은 예의 그 눈은 웃지 않는 웃음을 보였다.

"나 같은 사람에게 이런 힘이 생긴 것이 하늘의 실수지. 덕분에 치마는 실컷 벗겼지만. 아, 죄송. 성녀님이 계셨군. 그런데 도무진은 왜 아무 말도 하지 않나?"

안 하는 게 아니라 못 한다는 걸 선우연이 모를 리 없다.

"하긴 얘기해 봐야 자기 속만 터지겠지. 그런데 의선 자네는 정말 저 몸을 가지고 싶은가?"

"왜? 흡혈귀라서?"

"아니, 나한테 양보하면 어떨까 해서. 농담이네, 농담이야. 하하하!"

부산하게 떠든 선우연이 사람들을 이끌고 밖으로 나갔다.

"가장 골칫거리인 저 둘을 잡았으니 우리도 의논할 일이 많잖아? 서둘러서 마무리 짓고 마계혈을 빨리 열리게 만드는 것에 힘을 집중하자고."

성자들이 모두 나가고 방 안에는 도무진과 목승탁만 남았다.

"일이 이 지경이 되어 죄송합니다."

목승탁의 잘못이 아니라고 말해주고 싶었다.

"제가 우둔하고 어리석어서 누백 년 동안 저런 자들을 못 알아보다니. 그 긴 인생을 헛살았습니다. 허허!"

허탈한 웃음이 통곡보다 아프게 들렸다.

"어쨌든 이대로 당할 수는 없습니다."

'어떻게 하려고?'

투명한 액체는 쇳덩이에 갇힌 것보다 더 무력하게 만들어서 힘으로는 어쩔 도리가 없었다.

잠시 후 목승탁이 주문을 외우는 소리가 나지막하게 들렸다. 힘으로는 어쩔 수 없지만 법력은 통할지도 모른다. 도무진의 기대를 품은 주문은 계속해서 들려왔다.

무려 이각이나 주문을 외운 목승탁은 '제길!' 욕설을 뱉어냈다. 어떤 주문도 통하지 않는 모양이다. 하긴 목승탁의 능력을 누구보다 잘 아는 성자들이 대비를 하지 않았을 리 없었다.

세상에서 능력이 가장 뛰어난 자들이 만든 감옥이다. 더구나 도무진과 목승탁을 정확히 파악하고 있는 자들이기도 하다. 객관적으로 그들이 탈출을 할 수 있는 가능성은 없는 것이나 마찬가지다.

도무진은 분노보다 허탈함이 느껴졌다. 세상을 위해 기꺼이 죽음을 받아들이려 했는데, 악인의 몸으로 쓰이는 신세가 되어버렸다.

죽음이라는 결과는 같지만 그 죽음을 받아들이는 마음은 서글프기 그지없었다.

'이것도 내 죄의 결과겠지.'

그가 협객이었던 것은 그저 일장춘몽(一場春夢)이었고 운명은 악인으로 규정되어 있는지도 모른다는 생각이 들었다. 한 번도 믿지 않았던 운명이라는 굴레가 지금처럼 절실하게 다가온 건 처음이었다.

"난 왜 이리 멍청하단 말인가? 왜 이리 어리석단 말인가?"

곁에서는 목승탁이 계속 자책을 했다. 할 수 있다면 자신의 목이라도 조를 것 같았다.

무슨 일이 어떤 식으로 흐를지 모르는 초조한 시간이 흘러갔다. 끊임없이 이어지던 목승탁의 자책도 사라지고 침묵의 공간이 한참 동안 자리한 후 한 사람이 나타났다. 위아래로 검은 옷을 깔끔하게 차려입은 선우연이었다.

"때가 된 건가?"

목승탁의 물음에 선우연이 대답했다.

"서둘러야 할 거야."

"내 죽음이 그리 빨리 보고 싶나?"

철제는 부적을 꺼내 검을 만들었다. 그리고 그 검 끝에 부적 한 장을 끼웠다.

"염폭(炎爆)의 부적이네. 이것이면 화생액(化生液)에서 빠져나올 수 있겠지?"

"물론 그게 내 손에 쥐어지기만 하면… 정말 우릴 도와주는 건가?"

선우연의 검에서 하얀 검강이 쭉 뻗어 나왔다. 선우연은 눈이 부실 정도로 하얀 검강을 화생액 안으로 밀어 넣었다. 곁눈질을 해도 검 끝을 볼 수는 없었지만 선우연의 팔이 점점 안쪽으로 이동하는 건 눈에 들어왔다.

이마에서 땀을 흘릴 정도로 선우연은 온 힘을 쏟고 있었다. 그렇게 반각쯤 흐른 후 목승탁의 목소리가 들렸다.

"물러나게."

이어서 주문 외우는 소리가 들리더니 펑! 하는 폭발음이 따랐다. 하얀 액체가 바깥쪽으로 튀어나가는 게 보였다. 그리고 목승탁이 시야에 들어왔다.

수염이며 눈썹, 머리털이 듬성듬성 빠진 우스꽝스런 모습이었다. 선우연은 새로운 부적을 목승탁에게 넘겼다. 부적을 본 목승탁이 말했다.

"자네, 준비를 철저히 했군."

"아무리 철저해도 부족할 수 있네."

목승탁은 도무진이 담긴 관에 부적을 붙이고 주문을 외웠다. 그러자 화생액이 불에 닿은 얼음처럼 녹아내려 얼마 지나지 않아 도무진은 자유를 찾을 수 있었다.

"왜 우릴 도와주는 것이오?"

도무진의 물음에 선우연은 어깨를 으쓱했다.

"그러고 싶으니까."

목승탁이 날 선 의심을 품고 물었다.

"여기에 또 다른 음모가 있는 건 아니겠지?"

"왜 그런 번거로운 짓을 하겠나? 일단 의심은 접게. 여길 빠져나가려면 의심보다 조심이 필요할 테니까."

도무진은 벽에 세워진 검을 매고 선우연을 따라갔다. 목승탁은 도무진의 바로 뒤에 자리했다.

"이 안에 있는 성자가 그 의선과 빙천뿐이라면 우리 셋이 충분히 상대할 수 있지 않겠소?"

도무진의 물음에 선우연은 뒤도 돌아보지 않고 대답했다.

"성녀는 안중에도 없는 모양이군."

"그녀의 역할은 회생의 법을 펼치는 것뿐인 줄 알고 있는 데."

"지금까지 보여준 게 그것뿐이니 그리 믿는 게지."

선우연이 복도의 모퉁이 너머를 살필 때 목승탁이 물었다.

"그게 무슨 소린가? 성녀에게 또 다른 능력이 있단 말인가?"

"자네는 정말 의심이라는 걸 모르는군. 이 성전이 저절로 만들어진 것이라고 믿는 것인가?"

"그게 아니면?"

"이 모두가 성녀의 작품이네. 그녀는 이 흑림 안에서만은 세상 누구보다 강하네. 아마 칠 인의 성자 중 누구도 그녀의 상대가 될 수 없을 것이야."

"믿을 수가 없군. 그런 능력이 있으면서 어찌 한 번도 우리에게 보인 적이 없단 말인가? 오백 년의 세월 동안 그처럼 철저히 속일 수가 있다는 건 믿기지 않는군."

선우연은 나뭇가지로 얽힌 벽 앞에 서며 말했다.

"저기 있는 흡혈귀는 번천의 날 이전에는 무인검 철우명 대협이었지. 자네는 어느 시골의 보잘것없는 도사였고. 난 바람둥이 부잣집 막내아들이었고. 그럼 성녀는 누구였을까?"

"본인의 입으로 그저 평범한 장사꾼 집안의 셋째 딸이라고 했었지."

"자네들은 그걸 곧이곧대로 믿었겠지만 난 절대 믿지 않았네. 수많은 여자를 만나온 내 경험으로 그녀는 절대 평범한 장사꾼의 딸이 아니었어."

"그래서 성녀의 뒷조사를 했나?"

선우연은 품에서 두 장의 부적을 꺼내 벽에 붙였다. 그러자 왼쪽의 부적은 왼쪽으로, 오른쪽의 부적은 오른쪽으로 치우쳤다. 마치 두 장의 부적이 양쪽으로 힘을 써서 벽을 열려는 것 같았다.

끼이익! 끼이익!

어금니를 물게 만드는 기분 나쁜 소리와 함께 벽이 조금씩 벌어졌다.

"그 부적은 어디서 구했나?"

"내가 아는 흑술법사가 있지. 흑술법이 아니면 성전 안에서 성녀의 눈을 피하는 건 불가능하니까."

사람이 겨우 드나들 정도로 벽이 벌어지자 선우연이 먼저 안으로 들어갔다. 그 뒤로 도무진과 목승탁이 따랐다. 벽 안쪽은 얼키설키 엮어진 나뭇가지의 세상이었다.

발 아래쪽은 삼십 장은 족히 되는 높이였다. 떨어진다고 다칠 일은 없겠지만 선우연은 조심하라는 당부를 했다.

"조심해서 움직여야 해. 너무 큰 움직임은 성녀가 알아챌 수 있으니까."

목승탁이 물었다.

"그래서 성녀의 정체는 알아냈나?"

"무려 백 년이 걸렸지. 물론 백 년 동안 최선을 다한 건 아니지만. 자네도 알다시피 내가 그처럼 부지런하고 집요한 사람은 아니잖아?"

"그녀는 누군가?"

"무림에서는 꽤 유명한 여자였는데 혹시 설수연(雪秀蓮)이란 이름을 들어봤나?"

도무진이 깜짝 놀라 물었다.

"구심잔수(九心殘手) 설수연을 말하는 것입니까?"

"그렇지… 요. 당신하고는 말하기가 참 어색하군."

"예의를 갖춰주게."

"화신 자네가 그렇게 말한다면야. 어쨌든 무인검은 무림인
이었으니 그녀를 잘 알고 있겠구려."

목승탁이 말했다.

"나도 그녀에 대한 소문은 들었었지. 별호에서 나타나듯
썩 좋은 소문은 아니었지. 정말 성녀가 구심잔수 설수연이란
말인가?"

도무진의 질문도 이어졌다.

"성녀는 회생의 법을 시행하지 않았다고 했잖습니까? 흑림
안에서 그녀는 늙지도 죽지도 않는 존재라고 말이오. 하지만
설수연은 번천의 날 당시에 마흔을 바라보는 나이였는데 어
찌 지금의 모습일 수가 있단 말입니까?"

선우연은 검은 가지를 조심스럽게 밟아나가며 대답했다.

"그것 때문에 그녀의 정체를 밝혀내는 데 그리 오랜 시간
이 걸렸던 것이오. 기실 그녀는 한 번 회생의 법을 실행했었
소. 그걸 십이 인의 성자들에게 숨긴 것이고."

"그걸 왜 우리에게 숨겼단 말인가?"

도무진이 말했다.

"구심이라는 말이 그녀의 별호에 괜히 들어가 있는 게 아닙니다. 무림에서는 보통 자신을 삼 푼 정도 숨기라고 하지만 그녀는 남에게 자신의 일 푼도 솔직하게 보이지 않습니다. 그러면서도 타인이 자신을 믿게 만드는 재주가 남달랐지요."

목승탁이 믿을 수 없다는 표정으로 말했다.

"아무리 그래도 그렇지. 어찌 그 오랜 세월을 속일 수 있단 말인가?"

"흔히 많은 사람을 잠깐 속일 수는 있어도 오래 속이지는 못하고, 한 사람은 오래 속일 수는 있지만 영원히 속일 수는 없다고 하지. 하지만 성녀는 세상에서 가장 뛰어난 인간 열 명을 삼백 년에서 오백 년이나 속여왔네. 내가 여자에 조예가 깊지 않았다면 나 또한 깜빡 속았을 거야. 그러니 그녀가 얼마나 무서운 사람인지 알겠지?"

목승탁의 얼굴이 침통해졌다. 성녀를 오랜 시간 흠모했던 만큼 받은 상처도 클 수밖에 없었다.

"그럼 이 모든 음모의 배후에 있는 사람은 성녀겠군."

"그렇다고 봐야지."

애기를 하는 사이 꽤 많은 거리를 왔는데도 검은 가지로 둘러싸인 공간은 끝날 기미가 보이지 않았다.

"그런데 자네는 왜 저들 편에 서지 않고 이런 위험을 감수하는 건가?"

"이길 게 뻔하면 심심하잖아."

"단지 심심하다는 이유로?"

선우연은 씨익 웃었다. 이번에는 왠지 눈까지 웃는 것 같았다.

"지금은 그렇다고 해두지."

선우연의 의도가 무엇인지는 알 수 없었다. 하지만 아무리 의심스럽다고 해도 지금 당장은 선우연을 믿고 따라가는 것이 유일한 방법이었다.

한참을 그렇게 우거진 나뭇가지를 밟고 온 끝에 비로소 하얀 빛을 볼 수 있었다. 흑림을 벗어나는 데 약 오십 장 정도가 남았다.

끝이 보이자 선우연의 얼굴에 불안한 그림자가 떠올랐다.

"왠지 너무 쉬운데?"

목승탁이 물었다.

"자네가 준비한 탈출로가 완벽한 거겠지."

"하긴. 내가 준비를 철저히 하기는 했지."

하지만 선우연이 우려했던 일은 채 십 장도 가기 전에 현실로 드러났다.

드드드드!

갑자기 흑림이 지진이라도 난 것처럼 요동을 치기 시작했다.

"무슨 일인가?"

"젠장! 들켰네! 뛰어!"

이제까지 조심스럽게 걸음을 옮기던 선우연이 속도를 내기 시작했다. 고작 사십 장 남짓 남은 거리는 나뭇가지가 가로막기는 했지만 한 번의 도약이면 빠져나갈 수 있었다.

그러나 흑림은 단 번에 십 장을 뛰는 것조차 허락하지 않았다.

쐐애액!

맨 앞에 선 선우연을 향해 팔뚝 굵기의 나뭇가지가 채찍처럼 휘둘러졌다. 어느새 부적을 검으로 만든 선우연은 나뭇가지를 향해 검을 휘둘렀다.

나뭇가지는 썩은 동아줄처럼 끊어졌지만 공격은 그렇게 간단히 끝나지 않았다. 주변을 빽빽하게 둘러싼 나뭇가지들이 그들을 동시에 덮쳐 왔다.

어떤 것은 때리고 어떤 것은 찌르고, 굵은 넝쿨은 휘감아왔다. 도무진과 선우연은 연신 검을 휘둘러 나뭇가지를 베어 넘겼다. 목승탁의 부적은 접근하는 모든 것을 태워 하얀 재로 만들어 버렸다.

고작 나뭇가지가 그들을 상하게 할 수 없는 상황이었으나 그들 또한 흑림을 벗어나는 게 계속 지체되었다.

─철제께서 절 실망시키시는군요.

성녀의 목소리는 하늘에서 울리는 것 같았다. 공격을 해오는 나뭇가지를 쳐 내며 선우연이 소리쳤다.

"서로에게 실망한 것이니 비긴 것으로 하고 길을 터주는 게 어떻겠소!"

─무엇이 철제님을 실망시켰는지 오셔서 얘기를 해보는 건 어떨까요?

"말로 풀 수 있는 상황이 아닌 것 같습니다만!"

─제 청을 들어주시기 어려우시다면 억지로라도 모셔 와야지요.

목승탁이 말했다.

"흥! 그렇게 되지는 않을 것이오!"

목승탁은 두 장의 부적을 날리며 주문을 외웠다.

"지옥염왕(地獄炎王) 사방열왕(四方熱王) 급령(急令)!"

"이크!"

선우연은 화들짝 놀라 물러섰다. 전방으로 날아간 두 개의 부적이 나뭇가지에 부딪치자 쾅! 하는 굉음과 함께 섬광이 일었다. 훅 밀려오는 열기는 도무진이 익히 겪었던 뜨거움이었다.

하얀빛은 가로막고 있는 나무들을 탈 사이도 없이 순식간에 하얀 재로 만들어 버렸다.

"내게 바짝 붙으시오!"

목승탁이 소리치면서 앞으로 튀어 나갔다. 목승탁의 주변에는 희미한 빛을 발하는 둥근 막이 쳐져 있었다. 도무진이 그 안으로 들어가고 곧 선우연도 합류했다.

강철이라도 순식간에 녹일 열기는 그 막 안에 들어가자 여름의 폭염 정도로밖에 느껴지지 않았다. 이 정도면 단숨에 흑림을 빠져나갈 수 있을 것 같았다.

하지만 선우연의 말대로 성녀는 그리 만만한 상대가 아니었다. 하얀 섬광을 뚫고 검은 뭔가가 날아왔다. 섬광을 통과하며 크기가 줄어들었지만 완전히 없어지지 않은 그것들은 수십 개의 거대한 바위였다.

"내 술법 안에서도 녹지 않는 바위라니!"

목승탁의 놀람 속으로 선우연의 목소리가 파고들었다.

"말했지 않은가! 흑림 안에서 성녀는 무적이라고!"

그들은 날아오는 바위를 피해 황급히 몸을 날렸다. 도무진이 왼쪽으로 움직여 굵은 나뭇가지를 밟으려는데 갑자기 가지가 발목을 감아왔다. 깜짝 놀라 검을 휘둘러 나뭇가지를 자르자 다시 머리 위에서 다른 나뭇가지가 덮쳤다.

계속해서 나뭇가지를 자르고 부쉈지만 끝이 없었다. 주변삼 장을 초토화시켜도 어느새 자라난 나무들은 계속해서 공격을 들어왔다.

선우연도 마찬가지였고 목승탁의 술법 또한 일시적인 효과를 거둘 뿐이었다.

"이러다가는 끝이 없겠네! 좋은 방법 없나?"

선우연이 검을 휘두르며 소리쳤다. 이미 혼신의 힘을 다하고 있는 목승탁에게 딱히 새로운 방법이 있을 리 없었다.

―그만 포기하시지요. 제가 지배하는 흑림에서 도망치는 건 불가능하다는 걸 알지 않습니까?

도무진과 선우연이 아무리 강한 무공을 가지고 있어도 결국 체력에는 한계가 있었고 목승탁 또한 마찬가지다. 같은 곳을 빙빙 맴도는 것과 마찬가지인 현 상황이 계속된다면 성녀의 장담대로 잡히는 건 시간문제였다.

"이 나무들은 성녀가 조종하는 것이지요?"

도무진은 팔을 감아오는 나뭇가지를 뿌리치며 물었다.

"그렇지요!"

"만약 우리가 각각 다른 곳에 있다면 어떻게 되겠소?"

"성녀의 신경이 분산되겠지요! 정말 그리하고 싶소?"

선우연이 묻는 이유는 만약 셋이 다른 방향으로 움직인다면 성녀는 도무진이나 목승탁을 노릴 것이다.

"이렇게 한 곳에 있다가 모두 잡히는 것보다는 그게 낫지 않겠소?"

"화신, 자네 생각은 어떤가?"

"지금으로써는 가장 좋은 방법이지!"

"각자 탈출한 후 만날 장소는……!"

선우연이 도무진의 말을 황급히 끊었다.

"우리 대화는 성녀가 모두 들을 수 있소!"

그들만 아는 한 곳을 정해야 한다.

"귀인문의 본거지가 가장 좋은데……."

도무진이 확실하게 그곳이라고 말하지 못한 것은 선우연이 모를 것이기 때문이다. 그런데 선우연이 선뜻 '그곳으로 합시다!' 라고 말했다.

"알고 있소?"

선우연이 단숨에 덩치를 키우는 나무 세 그루를 동시에 베며 씩 웃었다.

"난 당신이 생각하는 것보다 훨씬 많은 것을 알고 있소."

"좋소! 그럼 움직입시다!"

도무진은 서쪽으로 방향을 잡았다. 그곳이 성전에서 가장 가까운 방향이었기에 탈출하기도 가장 힘들 것이다.

"부디 무사히 만납시다!"

선우연이 북쪽으로 몸을 날리며 소리쳤다.

"무인검 대협! 절대 마계혈을 포기해서는 안 되오!"

목승탁의 간절한 목소리가 뒤통수를 때렸다. 현 상황에서 성녀가 노릴 대상은 도무진보다 목승탁일 가능성이 높았다. 목승탁이 마계혈을 막을 방법을 정확히 알고 있기 때문이다.

"걱정 마시오! 나에게도 방법이 있으니!"

물론 도무진이 정확한 방법을 알 리 없지만 목승탁이 조금이라도 더 안전하기를 바라는 마음에서 그렇게 소리쳤다.

―소용없는 몸부림입니다.

성녀의 목소리가 옅게 들렸다.

제24장
탈출

　나뭇가지의 공격이 이어지기는 했지만 확실히 점점 약해
지고 있었다. 성녀 혼자 세 곳을 동시에 조종하는 건 힘들 게
확실하다.

　선우연은 검은 그물 같은 나뭇가지를 빠져나가며 도무진
과 목승탁의 안위를 걱정했다.

　성녀 입장에서 선우연이 괘씸하기는 하겠지만 마계혈을
생각했을 때 선우연은 그리 중요한 인물이 아니었다. 그러니
공격은 도무진과 목승탁에게 집중될 것이 분명했다.

　'내 수고가 허무하지는 않아야 할 텐데.'

이제 흑림은 온전히 흑림 그 자체였을 뿐 선우연을 더 이상 공격하지 않았다. 흑림의 요동에 안에 살고 있던 세해귀들이 놀라 이리저리 도망치는 게 느껴졌다.

그는 얼마 지나지 않아 흑림을 벗어날 수 있었다. 폐 깊숙하게 상쾌한 기운이 느껴졌다. 하지만 좋은 기분을 만끽할 수 있는 시간은 그리 길지 않았다.

검은 공간과 황토색 대지의 경계를 지나 채 십 장도 가기 전에 선우연은 걸음을 멈춰야 했다. 한 사람이 기다리고 있었기 때문이다.

검은 수염을 가슴까지 기른 이목구비가 뚜렷한 풍채 좋은 중년인이었다. 물론 선우연은 그 중년인을 누구보다 잘 알고 있었다.

"오랜만이군."

중년인 도선(刀仙)이 먼저 인사를 건넸다.

"삼 년 만이군. 그동안 어디 있었나?"

"자네처럼 여기저기 돌아다니지는 않았지."

"폐관수련이라도 한 것 같군."

"바로 맞췄네."

농담으로 한 말인데 도선은 고개를 끄덕였다. 보통의 무림인이라면 모를까 그들은 이미 인간의 한계를 벗어나 더 강해질 수 없을 만큼 강해져 있었다.

한계의 극에 닿은 수준에서 폐관수련은 그저 시간을 갉아 먹는 행위일 뿐이다. 선우연의 생각은 그랬는데 도선은 다른 모양이다.

"그래서 성과가 있었나?"

"무공이란 양파를 까는 것과 같더군."

"양파도 열 겹쯤 까면 더 이상 나올 것이 없지."

"하지만 난 고작 일곱 겹쯤 깐 상태더군. 그걸 깨닫는 데 이 년이 걸렸지."

선우연의 미간이 주름이 생겼다.

"그래서 일 년 동안 나머지 세 겹도 까졌나?"

"아니, 고작 한 겹만 더 벗겼을 뿐이네. 하지만 그 한 겹도 크더군."

도선은 한마디를 듣는 것조차 힘들 정도로 과묵했고 가끔 나오는 말에 허언은 없었다.

"그럼 무공이 강해졌을 테니 축하할 일이군."

"정말 축하를 받아도 되는지 시험을 해볼 생각이네."

도선은 등에서 칼을 뺐다. 그는 언제나 이처럼 직설적이었다.

"굳이 나를 상대로 시험을 할 필요는 없었을 텐데. 편을 잘못 서서……."

"철제보다 더 적당한 상대는 세상에 없겠지."

도선은 대화로 문제를 풀 상대가 아니었다. 한번 결정하면 그 결정의 옳고 그름조차 재고하지 않는 사람이 도선이었다. 그러니 선우연과 싸우려 마음먹은 이상 싸우는 것 외에는 방법이 없었다.

선우연은 부적을 꺼내 검으로 바꿨다. 십이 인의 성자 중 무공을 쓰는 사람은 둘뿐이었다. 선우연은 그러려니 했는데 이백 년쯤 지난 후 도선은 선우연을 경쟁 상대로 생각한다는 것을 알았다.

그때도 그러려니 했다. 그들 사이에 경쟁은 의미가 없기 때문이다. 그리고 그 사실을 잊었다. 하지만 잊은 사람은 선우연뿐이었고 도선은 쓸모없다 여겼던 그 감정을 오백 년이나 이어오고 있었다.

"비로소 자네와 싸울 수 있어서 기쁘군."

"오래가지 않을 기쁨이지."

서로 엇비슷한 무공을 가지고 있었는데 강해졌다고 자신한 도선은 분명 힘겨운 상대가 될 것이다.

"선수를 양보하지."

선우연의 말에 도선이 땅을 박차며 소리쳤다.

"기꺼이!"

도강도 없고 이기어도술을 쓰지도 않았다. 도선은 칼 그대로를 휘둘러 선우연을 공격했다.

선우연은 검을 횡으로 움직여 머리로 떨어지는 칼을 쳐 냈다. 온몸으로 전해지는 충격은 오랫동안 느껴보지 못한 중압감이었다. 몸을 빙글 돌린 도선이 허리를 베어왔다. 다시 검으로 막았고 튕겨진 칼은 어느새 가슴을 찔러오고 있었다.

보통의 무림인이라면 눈으로 쫓기조차 빠른 공격이었지만 선우연은 어렵잖게 막을 수 있었다.

선우연이 계속 방어만 한 것은 이전보다 강해졌다는 도선을 가늠해 보기 위해서였다. 하지만 일각이 흐르는 동안 도선의 공격은 빠르고 파괴적일 뿐 다른 변화는 없었다.

다리를 쓸어오는 칼을 피해 훌쩍 물러난 선우연은 적당한 거리가 되지 검을 날렸다. 무림인들이 꿈에서조차 오르기를 원하는 경지인 이기어검술이었다.

이기어검술은 검을 날리는 비검과는 차원이 달랐다. 비록 검은 손을 떠났지만 기로 연결되어 손에 쥐고 있는 것처럼 자유롭게 움직일 수 있었다.

거기에 육체의 힘에 간섭받지 않는 이기어검술의 파괴력은 손에 쥔 검을 휘두르는 것과는 차원이 달랐다. 이기어검술을 펼칠 수 있는 무인의 공력을 고스란히 담은 검이라면 굳이 설명이 필요 없었다.

선우연이 날린 검은 도선의 가슴을 향해 한 줄기 빛처럼 날아갔다. 도선은 선우연을 향해 다가오며 검을 쳐 냈다.

지이잉!

긴 울림과 함께 검이 옆으로 밀려났다. 선우연은 온몸이 저리는 것을 느끼며 깜짝 놀랐다. 검과 기로써 이어졌기 때문에 두 무기의 부딪침이 고스란히 느껴졌다.

'어찌 이럴 수가?'

무기를 손에 들고 펼치는 무공의 파괴력은 이기어검술에 절대 미치지 못한다는 게 정설이다. 설사 이기어검술을 펼칠 수 있는 능력이 있다 하더라도 그건 변함이 없었다.

그런데 도선은 칼을 휘둘러 검을 쳐 냈을 뿐 아니라 밀리지도 않고 선우연과의 거리를 빠르게 좁혔다.

선우연은 놀란 가슴을 진정시킨 후 오른손을 꽉 쥐었다. 그러자 튕겨졌던 검이 다시 도선을 향해 날아갔다.

검 끝이 막 뒤통수를 뚫으려할 때 도선은 몸을 빙글 돌려 검을 쳐 냈다. 처음 느꼈던 충격이 다시 전해졌고 도선은 땅을 힘껏 박차 단숨에 선우연과의 공간을 없앴다.

어려운 싸움이 될 것이라는 예상은 했지만 이런 식은 아니었다. 이기어검술과 이기어도술로 기의 대결을 펼칠 것이라 생각했는데, 도선은 검강조차 펼칠 줄 모르는 무림인들이 사용할 싸움법을 들고 선우연을 압박했다.

만약 선우연을 당황시킬 목적이리면 도선의 의도는 성공했다. 선우연은 검을 움직이며 뒤로 물러섰다. 이기어검술의 장점은 상대의 거리와 상관없이 공수를 자유자재로 할 수 있다는 것이다. 거기에 이기어검술을 방어하는 상대는 피할 수가 없다.

검이 스쳐서 지나가는 법이 없기 때문이다. 머리 위로 흘린다고 생각하는 순간 뚝 떨어진 검은 적을 세로로 쪼개 버린다.

도선은 선택의 여지가 없이 검을 쳐 냈다. 그런데 방어의 움직임을 보였음에도 도선의 속도는 늦춰지지 않았을뿐더러 반탄력을 이용해 더 빨라졌다.

"헙!"

헛바람을 뿜은 선우연은 물러서면서 어지럽게 양팔을 저었다. 그의 손을 떠난 두 개의 부적이 검으로 변해 도선을 공격했다. 정확히 동시에 목과 허리를 노렸는데 도선은 가볍게 검을 쳐 냈다. 이어서 뒤통수를 노리던 원래의 검마저 튕겨 나갔다.

숫자가 많아져서 세 방향에서의 공격은 가능했지만 하나하나의 파괴력은 떨어질 수밖에 없었다. 그래서 도선의 칼에 검이 부딪칠 때마다 전해지는 충격에 온몸이 쩌릿쩌릿 울렸다.

도선과의 거리가 채 삼 장도 남지 않자 선우연은 다시 뒤로 물러서야 했다. 겨우 빠져나왔던 흑림이 다시 가까워지고 있었다.

연신 선우연의 검을 쳐 내며 거리를 좁혀오는 도선의 얼굴은 무표정 그대로였다. 아무 힘도 들이지 않고 칼춤을 추고 있는 것처럼 보였다.

반면 선우연은 모든 공력을 끌어 올려 안간힘을 쓰느라 등에서 땀이 날 지경이었다. 손에 칼을 쥐고 휘두르는 그 간단한 무공에 선우연의 이기어검술은 어찌할 바를 모르고 있었다.

이대로 시간이 흐르면 먼저 지치는 건 선우연일 수밖에 없었다. 무슨 방도를 강구해야 하는데 태산처럼 단단한 도선에게 빈틈은 보이지 않았다.

아무 상처도 입지 않았지만 선우연은 점점 패배 쪽으로 발을 내딛고 있었다.

* * *

목승탁은 걸음을 멈췄다. 격렬하게 공격하던 나무들은 원래 그러하듯 미동도 하지 않았고 성녀의 목소리도 사라졌다. 숲의 요동에 주변의 세해귀들도 놀라 도망쳐 숲속은 괴괴한 적막만 흐르고 있었다.

나무의 공격이 멈췄다는 건 성녀가 잡으려는 이가 목승탁이 아니라는 의미다.

'무인검을? 왜?'

도무진이 없으면 마계혈을 여는 게 어려워진다. 하지만 정말 중요한 한 명을 고르라면 도무진보다는 목승탁이었다. 그런데 성녀는 목승탁 대신 도무진을 잡는 걸 택했다.

지금이라도 다시 걸음을 돌려 도무진에게 가고 싶었지만 그것은 정에 이끌려 대의를 저버리는 행동에 불과하다. 지금은 서로의 능력을 믿고 약속한 장소로 가는 수밖에 없었다.

흑림을 벗어나기 위해 바삐 움직이는데 뭔가가 느껴졌다. 처음에는 그저 서늘한 기운이었지만 그것은 곧 한기로 바뀌었다. 보이는 건 여전히 검은 숲뿐이었으나 목승탁은 나타난 이가 누구인지 알아채고 걸음을 멈췄다.

"자네가 날 가로막을 줄은 몰랐군."

목승탁이 말을 한 후 비로소 한 사람이 모습을 드러냈다. 철로 만든 가면을 쓴 것처럼 차가운 표정의 청년, 회생의 법을 막 끝낸 빙천이었다.

"화신과 빙천. 어울리는 상대 아닌가?"

"자네의 지금 행동이 진정 의를 버릴 만한 가치가 있다고 생각하나?"

"옳고 그름을 따지기에는 그 시기가 너무 지나 버렸군. 지금 중요한 건 자네와 나, 둘 중 누가 강한가 하는 것이지."

"설득은 시간 낭비일 것 같군."

목숭탁은 품에서 부적을 꺼냈다. 생각해 보면 힘을 합쳐 만
민수호문을 세우고 그토록 오랜 세월 함께 또는 각자 세상을
지키기 위해 세해귀와 싸웠는데, 성자들 사이에 끈끈한 감정
같은 건 없었다.

어쩌면 처음 몇 년이 그들 사이에 유대가 가장 좋았던 시기
였는지 모른다. 오랜 세월을 살아오며, 또한 영원히 살 수 있
다는 걸 깨달았을 때 그들에게서 인간성은 희미해져 버렸다.

신이 되어버린 그들에게 인간의 정 같은 게 사라진 건 당연
한 수순일 것이다. 그래서 목숭탁도 빙천도 서로를 적으로 정
한 순간 살기를 일으키는 데 망설임이 없었다.

목숭탁이 먼저 부적을 날렸다.

"음(炊)!"

삼 장 거리를 두고 선 둘 사이에서 부적이 터지며 태양처럼
밝은 빛을 퍼뜨렸다. 목숭탁은 곧장 두 장의 부적을 더 날렸
다. 화의 부적이었지만 열기를 철저하게 숨겼고 소리조차 나
지 않았다.

"음(陰)!"

같은 한 글자의 주문이 빙천의 입에서도 읊조려졌다.

쩡!

목숭탁의 화의 부적이 빙천의 얼음 방패에 막히며 날카로
운 소리가 터졌다. 목숭탁의 부적은 두 겹으로 쳐진 방패를

뚫지 못하고 소멸되었다. 빙천 주위의 나무에 하얗게 내린 서리는 술법의 강도를 말해주고 있었다.

"자넨 그동안 너무 바깥으로만 떠돌았어."

빙천의 말에 목승탁이 물었다.

"내 의무를 다한 것뿐인데 무슨 소린가?"

"이 흑림이 우리 술법사들에게 얼마나 축복받은 장소인지 깨닫지 못한 건 자네의 어리석음이지."

"마계혈에서 나온 마기의 힘을 빌려 법력을 높였단 말인가?"

빙천이 비릿한 웃음을 머금었다.

"옳지 않다고 생각하나?"

"그렇게 키운 힘을 어떻게 사용하느냐에 따라 다르겠지만 지금 자네의 행동을 보면 절대 옳지 못하군."

"역사는 언제나 승자가 쓰는 법. 자네는 그저 우둔한 인물로 기억에 남을 걸세. 아니면 아예 잊히겠지."

"내가 바라는 건 이름을 남기는 게 아니니 상관없지. 하지만 우둔한 인물로 기록될 사람이 누가 될지는 시간이 지나봐야 알지 않겠나?"

빙천이 두 장의 부적을 꺼내며 말했다.

"그렇게 오랜 세월 술법사로 살았으면서 상대의 강함을 가늠하지 못하다니. 하긴, 그래서 편을 잘못 선 것이겠지."

목승탁도 부적 두 장을 꺼냈다.

"우리에게 주문 외에 더 이상의 말은 필요 없을 것 같군."

자신 있게 말은 했지만 상황은 좋지 않았다. 목승탁이 어느 정도의 술법사인지 누구보다 잘 아는 사람이 빙천이다. 물론 목승탁도 빙천을 알고 있다고 생각했다.

하지만 흑림 안에서 더욱 강해졌다는 빙천의 말이 사실이라면 어려운 싸움이 될 게 분명하다.

빙천이 짧은 주문과 함께 부적을 던지자 한기가 훅 밀려왔다.

목승탁도 주문을 외우며 부적을 날렸다. 손을 떠난 부적에서 뿜어져 나온 열기로 주변 나무들이 재로 변하거나 조금 먼 곳에서는 불길이 일었다.

하지만 빙천의 부적과 부딪친 순간 불길은 단숨에 꺼지면서 하얀 얼음으로 뒤덮였다. 목승탁 주변의 열기가 사라지며 한기가 훅 밀려오는 게 느껴졌다.

황급히 호신의 벽을 쌓은 목승탁은 다시 부적을 날렸다.

"일화제신(日火諸神)! 멸(滅)!"

목승탁의 손을 떠난 부적이 빙천의 일 장 앞에서 폭죽이 터지듯 폭발했다. 멸의 부적은 지금 목승탁이 쓸 수 있는 술법 중 세 손가락 안에 드는 강한 술법이었다. 빙천이 중간에서 막지 못하고 부적이 제 위력을 발휘했으니 치명상을 피할 수 없을 것이다.

하지만 목승탁의 예상은 서툰 점쟁이처럼 빗나가 버렸다. 하얀 서리를 뒤집어쓴 빙천은 머리카락 한 올 그을리지 않았다.

"지음제신(地陰諸神)! 파(破)!"

주사의 붉은색도 없이 오직 하얀색으로 된 부적이 날아왔다. 목승탁은 호신의 벽을 최고조로 끌어 올렸다. 그러면서 다음에 펼칠 술법을 위해 부적을 꺼냈다.

쩡!

호신의 벽에 빙천의 부적이 부딪쳤다. 다른 것은 몰라도 목승탁이 가장 자신할 수 있는 건 호신 술법이었다. 아무리 빙천의 술법이 강해졌다고 해도 그가 만든 호신의 벽이 막아줄 수 있을 것이라 믿었다.

그런데 날카로운 소리 뒤로 한기의 파도가 덮쳐 왔다. 그가 세운 호신의 벽은 너무도 쉽게 뚫려 버렸다. 놀란 목승탁은 공격의 주문 대신 방어의 주문을 소리쳐야 했다.

"홍벽(烘壁) 상(常)!"

발아래서 불길이 확 치솟아 열기의 벽을 만들었다. 쿵! 하는 소리와 함께 목승탁은 충격으로 날아갔다. 허공에서 겨우 중심을 잡아 땅을 뒹구는 것은 면했지만, 수염이며 머리카락에 한겨울 처마 끝에 걸린 것 같은 고드름이 주렁주렁

맺혔다.

　금방이라도 욕지기를 할 것처럼 속이 뒤틀렸고 뼛속까지 한기가 파고들었다. 황급히 화기를 끌어 올려 한기를 몰아냈지만 당장의 화를 모면한 것뿐이다.

　지금의 격돌로 둘이 가진 법력의 차이는 명확해졌다. 빙천이 자신한 대로 싸움의 추가 기울고 있었다.

　'좋지 않군.'

＊　　　＊　　　＊

　한곳으로 모아진 성녀의 힘은 무서웠다. 나뭇가지를 아무리 잘라도 계속 뿜어져 나오는 거미줄 같았다. 거기에 나뭇가지의 단단함 또한 상식을 무시했다. 어떤 것은 도무진의 검을 튕겨내기도 했고 빠르기는 섬전을 방불케 해 상처까지 입혔다.

　등과 허리, 다리에 다섯 개의 상처를 입었다. 물론 금세 낫기는 했지만 이런 식으로 싸우다가는 언젠가 저 나뭇가지에 온몸이 묶이고 말 것이다.

　현실이 암담하기는 해도 싸우는 걸 멈출 수는 없었다. 도무진에게는 이 끔찍한 흑림을 벗어나 세상을 위해 꼭 해야 할 일이 있었다. 그 의무를 완성하지 못하면 그가 지은 죄를 절대 썻을 수 없었다.

생존에 대한 흡혈귀의 본능보다 참회의 의지가 더 강하게 도무진을 움직이고 있었다. 도무진은 전략을 바꾸기로 했다. 딱 목숨만 건진 채 흑림을 벗어나는 것이다.

도무진은 옆구리를 찔러오는 나뭇가지를 무시하고 전속력으로 질주했다. 옷이 찢어지는 소리와 함께 살이 뭉텅 잘려 나갔다. 도무진은 이를 악물어 고통을 참으며 낼 수 있는 가장 빠른 속도로 달렸다.

앞을 가로막는 나무와 심장을 노리는 나무만 잘라냈을 뿐 그 이외의 공격에는 반응하지 않았다. 단숨에 그의 몸은 때리고 찌르는 나뭇가지에 의해 피투성이가 되었다.

고통은 의지를 약하게 하고 상처는 움직임을 둔하게 만든다. 그러나 도무진은 평생의 용기를 짜내 최대한 빨리 움직였다. 절대 여기서 포기할 수 없었다.

짜악!

회초리처럼 얇은 나뭇가지가 뺨을 때려 아찔한 고통을 전해줬다. 휘청 꺾이려는 몸을 가까스로 바로잡고 아름드리나무를 걷어찼다. 급하게 방향을 트는 그의 옆구리 곁을 팔뚝 굵기의 나뭇가지가 스치고 지났다.

오른쪽 무릎에 격렬한 통증이 느껴졌다. 나뭇가지가 관통을 한 것 같았다. 왼발로 나뭇가지를 차고 오른발로 오 장 건

너편의 나뭇가지에 내려서는데 몸이 휘청 꺾였다. 방금 전 충격에 다리가 제 기능을 상실해 버렸다.

도무진은 바닥으로 추락했다. 검으로 땅을 친 후 몸을 빙글 돌려 왼발로 내려선 후 무릎을 살폈다. 뼈는 워낙 단단해서 뚫리지는 않았지만 그 주변의 살이며 근육이 모두 찢겨 나가 있었다.

인간의 피가 절실했다. 한 모금만 마시면 이 상처도 눈 깜빡할 사이에 치료가 될 텐데. 하지만 흑림에서 인간을 찾을 수도 없을뿐더러 설사 있다 하더라도 흡혈을 하는 일은 없을 것이다.

생명을 살리기 위해 이렇게 몸부림을 치는데 무고한 생명을 빼앗을 수는 없는 노릇이다.

쐐애액!

머리 위에서 나뭇가지가 곡괭이로 내려치듯 정수리를 향해 공격을 들어왔다. 왼쪽 발로 껑충 뛴 도무진은 검으로 땅을 때려서 속도를 더했다.

다리의 상처가 나을 때까지 검이 오른쪽 다리의 역할을 하는 수밖에 없었다.

땅으로 달리자 공격은 더 까다롭게 들어왔다. 나뭇가지뿐 아니라 뿌리까지 치솟아서 도무진을 공격했다. 움직임은 느려졌고 검은 다리 역할까지 하느라 제 위력을 발휘하지 못했다. 그럼에도 도무진은 쉽사리 나무의 덫에 걸리지 않았다.

제아무리 성녀가 흑림에서 무적이라고 하지만 최초의 흡혈귀이면서 무공까지 강해진 도무진도 쉽게 잡힐 상대는 아니었다.

몸을 희생한 덕분에 도무진은 흑림을 꽤나 많이 질러왔다. 그리고 드디어 저 멀리 희미한 빛이 보였다. 흡혈귀가 된 후 빛이 이처럼 반갑기는 처음이었다.

도무진은 그 빛을 향해 전력으로 질주했다. 박살이 났던 무릎은 숨 몇 모금 들이쉬는 사이 땅을 디딜 수 있을 정도로 회복이 되었다.

베어져 쓰러지는 아름드리나무를 박차고 허공을 가른 도무진은 등을 때리는 나뭇가지의 힘을 이용해 앞으로 치고 나갔다. 고통 때문에 온몸의 뼈마디가 비명을 질러댔다.

몸을 살필 겨를이 없어서 그렇지 지금 그의 몸은 걸레처럼 너덜너덜할 것이다. 힐끗 아래쪽을 보자 옆구리를 삐져나와 덜렁거리는 내장이 눈에 들어왔다.

도무진에게는 그 내장을 안으로 우겨 넣을 여유조차 없었다. 점점 밝아지는 빛만큼 도무진의 희망도 커졌다. 이제 세 번만 도약하면 흑림을 빠져나갈 수 있었다.

그런데 이제까지 느꼈던 고통과는 성질이 다른 고통이 옆구리를 관통했다. 금속의 느낌이 선명하게 전해지는 고통과 함께 몸이 옆으로 쭉 미끄러졌다.

쿵!

나무에 부딪친 도무진은 커다란 꼬챙이가 오른쪽 옆구리에서 들어와 왼쪽 옆구리까지 관통했다는 걸 알았다. 엄지 굵기의 꼬챙이가 한 뼘쯤 튀어나와 있었고 반대쪽은 나무에 박혀 얼마나 긴지 알 수 없었다.

꼬챙이를 빠져나오기 위해 몸을 움직이는데 바람을 가르는 뭔가가 느껴졌다. 도무진은 검을 휘둘렀지만 오른쪽 가슴에 박히는 꼬챙이를 막지 못했다.

"큭!"

기어코 짧은 비명이 입술을 비집고 나왔다. 이어서 양쪽 어깨와 허벅지에 꼬챙이가 꽂혔다. 도무진의 손에서 떨어진 검이 검은 낙엽에 파묻혔다.

"괜히 나와서 고통을 자초하는구나. 헐헐헐!"

뒷짐을 지고 나타난 자는 의선이었다. 웃음 섞인 의선의 목소리가 이어졌다.

"넌 내게 고마워해야 한다. 내가 아니었으면 성녀님께서 널 백 조각으로 나눠서 나무들 거름으로 만들었을 테니까."

"사로잡혀 네 몸이 되느니 그편이 낫다."

생각하는 표정을 짓던 의선이 고개를 끄덕였다.

"네 입장이라면 그럴 수도 있겠지. 하지만 흡혈귀 따위의 의견은 아무 소용이 없지. 네가 전에 무인검이라는 천하제일 협객이었다고 해도 지금의 넌 고작 흡혈귀일 뿐이니까. 헐헐 헐!"

의선은 웃으면서 다가왔다. 검게 번들거리는 눈에는 벌거 벗은 여인을 앞에 둔 색마 같은 탐욕이 일렁였다.

"이제 지긋지긋한 회생의 법은 앞으로 한 번만 하면 되겠 군."

*　　　*　　　*

카앙!

"크윽!"

선우연의 입에서 비명이 터지며 몸이 휘청 꺾였다. 도선의 칼과 부딪친 충격이 쌓이고 쌓여 내장을 뒤집는 고통으로까 지 전해졌다.

선우연은 안간힘을 쓰며 팔을 휘저어 세 개의 검을 움직였 다. 하지만 검과 칼이 부딪칠수록 더해지는 충격에 승리가 점 점 멀어지는 것을 직감했다.

도선의 양파 한 껍질은 빈말이 아니었다. 더 이상 발전할 무공이 없다는 이유로 오랜 세월 정체된 선우연과 달리 도선 은 단단한 껍질을 깨고 큰 한 발을 내디뎠다.

무공의 극의라 여기는 이기어도술을 버리고 가장 단순함으로 돌아간 도선은 강했다. 심검이 아니면 도선을 꺾을 수 없을 것 같았다.

하지만 심검은 성자들조차 전설이라 여기는 경지이다. 선우연도 무공의 정진을 위해 게을렀던 것은 아니다. 이기어검술이라는 경지에 다다른 후 수십 년을 노력했고 결국 거기가 인간이 도달할 수 있는 한계라는 걸 인정했었다.

그럴 수밖에 없는 것이 아무리 면벽수련을 하고 육체를 혹사시켜도 그 이상의 단계는 아예 보이지 않았었다. 그런데 선우연이 틀렸다.

이기어검술 다음에는 심검이 있을 줄 알았는데 가장 기본이 되는 것이 심검의 앞에 놓여 있었다. 어쩌면 심검은 호사가들이 만들어놓은 경지이고 기본처럼 보이는 도선의 경지가 무공으로 이를 수 있는 최고인지도 모른다.

성자가 된 후 패배라는 걸 잊어버렸던 선우연에게 점점 패배의 그림자가 드리워지고 있었다. 표정 하나 변하지 않고 묵묵히 칼을 휘두르는 도선은 절대 무너지지 않을 성벽 같았다.

물러서고 물러선 선우연은 이제 흑림과 겨우 일 장의 거리밖에 남지 않았다. 저 안으로 들어가는 것이 곧 패배요 죽음처럼 느껴졌다.

무표정하던 도선의 입가가 살짝 올라갔다. 선우연을 비웃으며 '아무리 발악해도 넌 안 돼' 라고 말하는 것 같았다. 도선의 그 오만한 표정이 포기 직전의 선우연에게 다시 투지를 불러일으켰다.

싸움의 승패를 가르는 가장 큰 덕목이야 당연히 강함이다. 하지만 그 강함이 전적으로 무공만을 가리키는 것은 아니다. 때로는 정신이 무공을 뛰어넘을 때도 있었고, 때로는 싸움의 방법이 승패를 가르기도 한다.

선우연이 도선보다 무공이 약하다는 건 이미 증명되었다. 하지만 자신의 죽음으로 도선의 오만함을 채워줄 수는 없다.

선우연은 다시 들어가기를 원하지 않았던 흑림으로 훌쩍 몸을 날렸다. 곧바로 따라 들어온 도선의 칼에 흑림의 나무들이 뭉텅뭉텅 썰어졌다.

칼의 길이보다 훨씬 두꺼운 아름드리나무도 스치는 것만으로 허리가 잘려 몸을 뉘었다.

"이 나무들이 자네의 방패가 되어줄 것 같은가?"

무쇠라도 벨 수 있는 도선의 칼인데 나무가 선우연을 막아줄 거라는 기대는 애초에 하지도 않았다. 하지만 칼은 못 막더라도 시야는 막아줄 것이다.

선우연은 품에서 일곱 장의 부적을 더 꺼내 허공으로 던졌다. 뿌려진 부적은 곧 검으로 변해 도선을 향해 날아갔다. 도합 열 개의 검은 나무를 돌거나 관통해서 쉼 없이 도선을 공격했다.

검과 칼이 부딪칠 때마다 선우연은 욕지기가 치밀어 오르는 충격을 느꼈지만 공격을 멈추지 않았다.

도선이 기본으로 돌아가 강해졌다면 선우연은 자신이 가진 가장 큰 장점인 기교를 최대한 이용해야 한다.

검은 나무를 돌아 도선을 공격했고 때로는 나무를 뚫고 목숨을 노리기도 했다. 눈으로 보지 않더라도 기척으로 능히 검의 공격을 느낄 수 있겠지만, 공격을 들어오는 검이 열 개나 된다면 기척만으로 싸우기에는 어려울 게 분명하다.

선우연이 그러할 테니 도선이라고 크게 다르지 않을 것이다. 흑림을 누비며 싸우는 일각 동안 선우연은 자신의 생각이 틀리지 않았음을 확신했다.

비록 도선에게 단 하나의 상처도 내지 못했지만 검과 칼이 부딪칠 때 전해지는 충격이 현저하게 줄어들었다. 갑작스럽게 들어오는 검을 쳐 내는 데 온 힘을 기울이지 못하고 있는 것이다.

"어찌할 바를 모르고 미로를 헤매는 쥐새끼 같군."

도선이 머리로 오는 검을 쳐 낸 후 그렇게 말했다. 거리를 내주지 않고 멀리서만 싸우는 선우연을 도발하려는 것이었지만, 싸움이 쉽지 않다는 걸 자인하는 말이나 다름없었다.

"나무에 가려 자넬 보지 않으니 마음이 편하군!"

선우연은 말을 하며 연신 양팔을 휘저었다. 단 하나의 목표물을 향해 열 개의 검은 끊임없이 찌르고 베는 행위를 반복했다. 도선과의 거리가 십 장이나 떨어져 있었고 그 사이에 나무가 빼곡하게 들어차 싸우는 것은 보이지 않았지만 어떤 형태로 진행된다는 건 알 수 있었다.

이기어검술을 펼치면 검은 곧 눈이 되어서 아무리 멀리 떨어져 있다 할지라도 상황을 머릿속으로 전해주었다.

'싸움을 마무리해야겠군.'

흑림으로 들어온 작전이 주효해서 당장의 위험은 피했지만 그가 도선을 이길 가능성은 없었다. 승산이 없는 싸움을 계속하는 건 어리석은 짓이었다.

선우연은 흑림을 타원형으로 돌았다. 도선이 최대한 늦게 알아차리게 흑림을 빠져나가려는 것이다. 도망친다는 게 자존심 상하기는 했지만 큰 거부감은 없었다. 오히려 투지만 앞세워 이기지 못할 싸움을 고집하는 게 미련한 행동이다.

선우연이 흑림의 가장자리에 거의 다다랐을 때 도선의 움직임이 달라졌다. 선우연과 가까워지려고 하기는 했지만 그래도 들어오는 검의 공격은 묵묵히 받아주었었다.

그런데 갑자기 움직임이 빨라졌다. 십오 장 정도 떨어졌던 거리가 단숨에 오 장 안쪽으로 좁혀졌다. 선우연이 황급히 팔을 움직여 공격을 했지만 도선은 칼을 휘둘러 쳐 내지 않고 피해 버렸다. 이기어검술을 피하는 건 불가능했는데 도선은 마치 분신술을 사용하는 것처럼 네 방향을 단숨에 점해서 검을 흘려 버렸다.

혹색의 나무들 사이로 힐끗 도선의 모습이 보였다. 선우연은 양팔을 편 후 열 손가락을 안쪽으로 힘껏 오므렸다. 열 개의 검이 일제히 도선을 향해 날아갔다.

검이 막 도선을 꿰뚫으려는 찰나 도선의 신형이 흐릿해지더니 시야에서 사라졌다.

쾅!

열 개의 검이 도선 앞에 있던 나무를 산산조각으로 부숴 버렸다. 속까지 검은 흑림의 나무는 혹색 먼지를 자욱하게 뿌렸다. 순간적으로 도선을 놓친 선우연은 이목을 집중시켰다.

지금 가장 경계해야 할 건 당황해서 허둥지둥하는 것이다. 마음을 냉정하게 가라앉힌 선우연은 머리 위에서 떨어지는 섬뜩한 기운을 느꼈다.

생각할 것도 없이 좌측으로 몸을 날렸다.

사악!

옅은 소리와 함께 오른쪽 어깨에 날카로운 고통이 느껴졌다. 몇백 년 만에 맛보는 쇠붙이가 살을 파고드는 느낌이었다.

선우연이 몸을 빙글 회전시키자 붉은 피가 부챗살 모양으로 퍼져 나갔다. 선우연은 양팔을 어지럽게 교차시켰다. 잠시 주춤했던 검들이 선우연을 향해 모여들었다.

하늘에서 떨어져 일격을 날렸던 도선은 선우연을 쫓아서 달려왔다. 그들 사이에 열 개의 검이 목책처럼 늘어섰다.

도선은 검을 향해 칼을 휘둘렀다. 쩌엉! 하는 소리와 함께 선우연의 입에서 낮은 신음이 터졌다. 검은 칼의 힘에 못 이겨 사방으로 비산했고 선우연은 넘어오는 핏덩이를 억지로 삼켰다. 하지만 다 삼키지 못한 피가 입술 밖으로 주르륵 흘러내렸다.

"이런 잔꾀가 통할 줄 알았나?"

선우연은 입가에 흐르는 피를 닦으며 말했다.

"내가 죽지 않았으니 싸움 또한 끝난 게 아니지."

그는 양팔을 바깥쪽으로 펼쳤다. 사방으로 흩어졌던 검들이 도선을 향해 날아갔다.

"통하지도 않을 수를!"

도선은 빙글 돌면서 단숨에 열 개의 검을 향해 칼을 휘둘렀다. 도선에게 승리는 흑림의 검은 나무만큼이나 확실했다. 하지만 그가 얕은 수라고 했던 선우연의 수는 생각보다 조금 더 깊은 수였다.

검들이 칼과 부딪치려는 순간 허공에서 우뚝 멈췄다. 그래서 단 하나도 칼과 부딪치지 않았다. 잠깐 물러났던 검이 다시 움직이고 도선이 칼을 휘두르려하면 물러나는 행동이 반복되었다.

그사이 선우연은 도선과의 거리를 점점 벌리고 있었다. 이기어검술의 한계는 백 장 정도이다. 그 이상 되면 기로써 검을 조종하는 것이 불가능해져서 검은 처음의 부적으로 돌아가 버린다.

선우연은 도선과 부딪치지 않으면서 최대한 거리를 벌렸다. 도선은 선우연과의 거리를 좁히려고 했지만 그때마다 귀찮은 파리처럼 검이 달라붙었다.

방어를 게을리했다가 자칫 상처라도 입으면 낭패였기에 도선으로서는 검을 무시할 수가 없었다. 그사이 두 사람의 거리는 점점 벌어졌다.

"철제! 도망칠 셈인가!"

"임전무퇴(臨戰無退)가 내 생활철학인지 몰라서 그러나?"

"거짓말도 자네의 생활이지!"

"말로 싸울 게 아니라면 날 잡아보게!"

선우연은 노골적으로 등을 보이고 달려서 흑림을 벗어났다. 이제부터 선우연의 목적은 오직 도주로 정해졌다. 그렇기에 그 목적에 맞춰서 이기어검을 펼쳤다.

도선은 몇 번 그 불가사의한 보법을 펼쳐서 검을 피한 후 선우연과의 거리를 좁히기는 했지만 다시 벌어질 수밖에 없었다. 도선이 아무리 빨라도 이기어검보다는 빠를 수 없기 때문이다.

그렇다고 도선이 선우연을 향해 이기어도를 펼치기도 어려웠다. 도선이 가진 칼은 오직 하나다. 선우연을 공격하기 위해 그것을 날리면 이기어검을 맨몸으로 받아야 한다.

선우연을 잡기 위한 마음이 절박하더라도 자신의 목숨을 걸 정도는 아닌 것이다. 시간이 지나 둘 사이의 거리가 백 장 이상으로 벌어지자 검은 부적으로 변해 더 이상 무기가 되지 못했다.

선우연은 다시 열 장의 부적을 꺼내 허공으로 던졌다. 아홉 개는 백 장 밖에서 쫓아오는 도선을 향해 날아가고 한 개는 선우연이 밟고 섰다.

선우연이 올라탔기 때문에 비검은 그의 독문경공인 일교만리보(一喬萬里步)보다 느렸지만 내상을 입은 지금은 내력 사용을 자재하는 게 좋았다.

흑림을 나와 이백 장 남짓 펼쳐진 황무지를 지나면 숲이 우거진 산으로 올라가는 등성이가 나온다. 천향산(天響山)이라는 이름의 산에는 미로처럼 얽히고설킨 계곡 천향곡(天響谷)이 존재했다. 산에 천 개의 울림이라는 뜻의 이름이 붙은 것도 그 때문이었다.

일단 거기로 몸을 숨기면 도선이 선우연을 찾는 건 불가능했다. 그걸 알기에 도선 또한 필사적이었다.

팔과 허리에 두 개의 상처를 입는 피해를 감수하면서도 선우연과의 거리를 좁혀왔다.

도선의 경공은 선우연의 일교만리보에 전혀 뒤지지 않아서 이기어검보다 조금 느릴 뿐이었다. 아홉 개의 검은 도선을 쫓았고 도선은 선우연을 쫓았다.

선우연을 태운 비검이 빛처럼 숲으로 들어갔다. 선우연은 내력을 이용해 앞을 가로막는 나뭇가지들을 쳐 냈다.

꽈직! 쾅! 쾅!

쫓아오는 도선이 나무들을 마구 박살 내는 소리가 들렸다. 그 요란한 소리는 빠르게 가까워지고 있었다. 도선은 장애물을 치우면서 쫓아오는 비검까지 쳐 내는데 속도가 전혀 늦춰지지 않았다.

수백 마리의 새가 그들이 일으킨 충격에 놀라 날아올랐다. 그중 몇 마리는 선우연의 내력에 핏덩으로 변해 사라졌다.

이 속도라면 앞으로 반각이면 천향곡에 도착할 수 있었다. 하지만 도선이 가까워지는 속도로 보아 반각이 충분할 것 같지 않았다. 더구나 어느 정도 간격이 벌어져 있어야 도선의 눈을 피해 숨는 게 가능하다.

내상이 완전히 회복되지는 않았지만 무리를 하는 수밖에 없었다. 선우연은 밟고 있는 검을 도선을 향해 날린 후 일교만리보를 펼쳤다.

내상의 영향 때문에 내력의 운용이 원활치 않아 주춤하면서 제 속도가 나오지 않았다. 이제부터는 경공의 속도가 전부이기에 이기어검을 펼칠 이유가 없었다.

그래서 선우연은 이기어검을 거두고 그 기력까지 경공에 쏟아부었다. 그런데 갑자기 뒤쪽에서 강한 기운이 느껴졌다. 힐끗 고개를 돌리자 유성처럼 하얀 빛이 가로막는 나무들을 흔적도 없이 박살 내며 다가오는 게 보였다. 도선이 펼친 이기어도였다.

선우연은 경공에 더욱 박차를 가했다. 하지만 전력을 다한 도선의 이기어도보다 빠를 수는 없었다. 결국 선우연은 한 장의 부적을 꺼내 검을 만들었다. 도선과의 거리를 벌리겠다고 이기어도를 피하려 하는 건 너무 위험한 시도였다.

쩡!

"큭!"

검과 칼의 충돌은 예상대로 선우연에게 막대한 충격을 줬다. 중심을 잃은 선우연은 입에서 피를 뿜으며 날아가 나무에 거칠게 부딪쳤다. 그 충격으로 지름이 세 뼘이나 되는 나무 세 그루가 연속으로 부러져 나갔다. 그렇게 날아가던 선우연의 신형을 멈추게 한 것은 커다란 바위였다.

움푹 파인 바위를 잡고 일어선 선우연은 곧바로 몸을 날렸다. 내부는 엉망진창이 되었지만 도선에게서 벗어나려는 의지는 조금도 꺾이지 않았다.

살아야 한다. 살아 있어야 지금의 치욕을 갚든 화향루(花香樓) 소월(素月)이 허벅지를 만지든 할 수 있었다.

"끈질기게 도망치는군! 그 끈기로 나와 싸우는 게 어떤가!"

선우연은 도선의 말에 아랑곳하지 않고 이십 장 높이의 절벽에서 뛰어내렸다. 커다란 화강암 바위에 내려선 선우연은 높고 낮은 암석을 밟으며 몸을 날렸다.

그의 뒤를 바짝 따라오는 이기어검이 이기어도의 출현을 알렸다. 다시 한 번 전과 같은 충격을 받는다면 경공을 펼치는 게 불가능해질 것이다.

저 멀리 팔을 벌린 곰 모양의 바위가 보였다. 천향곡은 저 바위 바로 뒤쪽에 있었다.

땅을 힘껏 박찬 선우연은 몸을 뒤쪽으로 돌렸다. 이제 선택할 수 있는 방법은 하나뿐이다.

선우연은 양팔을 앞으로 쭉 뻗었다. 바로 뒤에 따라오던 검이 방향을 바꿔 도선을 향해 날아갔다. 이제 그를 보호해 주던 검이 사라졌으니 완전 무방비였다. 물론 도선 또한 칼이 손을 떠났으니 마찬가지다.

누구의 무기가 상대에게 더 빨리 닿느냐의 싸움이다. 도선의 칼이 그에게 가깝기는 했지만 선우연은 멀어지는 입장이었고 도선은 가까워지고 있다.

속도를 계산해 보면 도선의 칼이 선우연에게 닿는 것보다 검이 도선을 공격하는 게 빠르다. 선우연은 경공을 펼치면서 검에 정신을 집중했다. 단 한 순간도 도선의 움직임을 놓쳐서는 안 된다.

그 기묘한 보법에 의해 검이 도선을 지나쳐 버리면 내상 때문에 경공이 느린 선우연이 불리해질 수밖에 없었다.

선우연의 계산대로 칼은 아직 이십 장 저쪽에 있는데 검은 도선의 지척에 다다랐다. 선우연은 언제든 검의 방향을 바꿀 수 있도록 준비를 하고 있었다.

역시 도선의 기척이 어지러워지더니 사라졌다. 선우연은 검을 곧장 자신 쪽으로 되돌렸다. 도선의 기척은 검의 왼쪽에서 나타났다. 비스듬히 대각선을 이루고 있었는데 아직은 검이 도선을 앞서 있었다.

선우연은 곧장 도선에게 검을 날렸다. 다시 기척이 어지러워지더니 사라졌다. 이번에도 역시 검을 자신 쪽으로 되돌아오게 했다. 다시 나타난 도선은 우측의 거의 수평이 된 지점에 자리해 있었다.

그러는 사이 도선이 날린 칼은 선우연의 십 장 가까이 다가와 있었다. 이래서는 도선의 시야에서 사라진다고 해도 기로 연결된 칼이 선우연을 지켜보기 때문에 천향곡으로 들어간다고 해도 완벽한 은신은 불가능했다.

어떻게든 저 칼을 도선의 손으로 돌려보내야 한다. 선우연은 마지막 남은 여덟 장의 부적을 허공에 뿌려 검을 만들었다. 부적 한 장으로 만든 단 한 개의 검이 가장 강한 위력을 발휘하기는 하지만, 이처럼 여덟 장의 부적으로 만든 여덟 개의 검 중 하나로도 충분히 도선을 죽일 수 있었다.

가까워지는 도선의 속도는 빨랐기에 검은 금세 도선의 지척에 다다랐다. 그사이 다가온 칼은 삼 장 안쪽으로 가까워졌다. 선우연은 숲 사이에 우뚝 솟은 바위를 박차 힘껏 날아오르며 팔을 저었다.

한 개의 검이 도선을 향해 날아갔다. 나머지 여덟 개는 사라졌다 나타나는 도선을 공격하기 위해 이 장 간격으로 자리했다. 도선의 보법이 아무리 신묘해도 일정한 법칙이 있을 것이고 그 법칙만 간파하면 선우연의 의도대로 판을 이끌 수 있었다.

'천지극연(天地極然)을 밟고 화초명혜(和初明彗)로 이동하는 건가?'

첫 공격이 빗나가고 다시 검이 날아갔다. 그렇게 다섯 번의 공격을 한 후 선우연은 도선의 보법을 이해할 수 있었다.

네 개의 방향을 거의 동시에 전하는 빠른 움직임에 몸을 낮게 깔아서 순간적으로 시야에서 사라진 후 나선형으로 돌아

다른 방향에서 불쑥 모습을 드러낸다.

말이 쉽지 나아가려는 관성의 법칙을 무시하는 내공과 눈에 보이지 않을 만큼 빠른 몸놀림이 있어야 가능한 보법이었다.

선우연이 여섯 번째의 검을 날릴 때 도선의 칼은 일 장 가까이 다가왔다. 이제부터는 한 수 한 수가 칼날 위를 걷는 것처럼 위험하다.

공격을 성공시키지 못하면 저 칼에 목이 잘릴 것이다. 여섯 번째의 검이 도선을 놓쳤다. 그 순간 선우연은 도선이 나타날 예상지점으로 검 하나를 날렸다.

사악!

선우연의 예상은 정확했고 검도 제대로 날아갔다. 하지만 도선의 허리 옷깃만을 잘랐을 뿐이다. 순간적으로 당황한 도선의 기운이 검을 통해 고스란히 느껴졌다.

선우연은 지체하지 않고 여덟 번째의 검을 날렸다. 그것이 마지막 기회였다.

도선도 자신의 보법이 파악되었다는 걸 알고 있을 것이다. 이제 선택은 도선의 몫이 되었다. 검을 되돌려서 막을 것인지 선우연이 펼친 마지막 공격을 피할 것인지.

선우연에게 유리한 점은 그에게 부적이 더 이상 없다는 걸 도선이 모른다는 것이다.

우우웅!

이제 이기어도의 울림이 들릴 정도로 칼은 가까운 곳에 있었다. 이 정도의 거리라면 설사 선우연이 마지막 공격을 성공한다고 해도 그 역시 칼을 피하지 못할 것이다.

선우연은 짐짓 부적이 있는 것처럼 손을 품 안으로 넣었다. 그의 움직임을 도선도 느낄 게 분명하다.

갑자기 도선이 우뚝 멈췄다. 보법을 펼치려는 움직임과는 달랐다. 그리고 지척으로 다가왔던 칼이 순식간에 멀어졌다. 선우연은 검을 그대로 둔 채 경공을 최대한 빠르게 펼쳤다.

백 장 이상으로 멀어진 검이 부적으로 변하는 게 느껴졌다. 그리고 잠시 후 선우연은 곰바위를 지나쳐 천향곡으로 들어갔다.

*　　　*　　　*

목승탁의 소매가 얼음으로 변해 우수수 떨어졌다. 황급히 화기를 일으켜 팔이 잘리는 건 면했지만 시간이 갈수록 둘의 술법의 차이는 명확해졌다.

"내가 뭐랬나? 상대가 되지 않을 거라고 했잖아."

빙천의 조롱에 가까운 말에 분노가 치밀었다. 하지만 목승탁의 분노는 무력할 뿐이었다. 목승탁이 세상을 위해 동분서

주하는 동안 저들은 흑림에서 자신들의 힘을 차곡차곡 키우고 있었다. 그 결과가 오늘 이렇게 나타나는 것이다.

"나조차 가볍게 꺾을 정도로 강하면서 더 강하기를 원하다니. 정말 탐욕스럽군."

"마계혈이 열렸을 때 우리가 얼마나 강해질 수 있을지 궁금하지 않나? 이 새로운 육체가 신이 될 수도 있는데 그걸 못 보고 죽어야 하는 자네가 불쌍하군."

목승탁은 '새로운 육체'라는 빙천의 말에 퍼뜩 정신이 들었다. 회생의 법은 여섯 달을 관 같은 곳에서 보내야 하는 지루하고 괴로운 시간이다.

그리고 그렇게 얻은 새로운 육체는 초창기 삐걱대기도 한다. 정신과 육체가 서로 조화를 이루는 시간이 필요한 것이다.

목승탁이 노릴 것은 그 작은 틈이었다. 이미 여러 번 회생의 법을 경험했기 때문에 어느 때 그 틈이 가장 잘 드러나는지 알고 있는 목승탁이었다.

목승탁은 여덟 장의 부적을 꺼냈다. 빙천은 부적의 숫자만으로 목승탁의 의도를 알아챘다.

"압도적인 힘의 차이 앞에서는 내 적응 기간 정도는 아무것도 아니야."

"과연 그럴까?"

무공도 그렇고 술법 또한 가장 중요한 건 균형이다. 제아무리 강한 힘을 가지고 있어도 균형이 맞지 않으면 힘은 곧잘 엉뚱한 곳으로 쏟아지게 마련이다.

목승탁은 긴 주문을 외웠다.

"용의용의(龍衣龍衣) 동인심의(動人心意), 가기재세(可寄在世) 부안패인(負鞍佩印), 천정지정(天精地精) 일월지정(日月之精)……."

그가 이처럼 긴 주문을 외우는 건 오만한 빙천이 기다려 줄 것이라고 믿었기 때문이다. 목승탁의 예상대로 빙천은 팔짱까지 끼고 느긋한 표정으로 목승탁이 부적을 날릴 때까지 보고만 있었다.

"태상노군(太上老君) 급급여율령칙(急急如律令勅)!"

여덟 장의 부적이 허공을 갈랐다. 오백 년 만에 처음으로 긴 주문을 완성했고 태산만큼 큰 법력을 담았다. 여덟 장의 부적에는 각각 다른 종류와 위력이 깃들어 있었다.

목승탁이 화신으로 불리기는 하지만 화의 술법만 펼칠 줄 아는 것은 아니었다. 빙천을 향해 날아가는 여덟 장의 부적에는 풍(風), 토(土), 목(木), 철(鐵), 수(水)의 술법도 함께 담겨 있었다.

"흥! 잔꾀일 뿐!"

빙천은 양팔을 바깥쪽으로 힘차게 벌렸다. 오 장 이상 떨어져 있는 목승탁은 기도마저 얼려 버릴 것 같은 냉기에 황급히 호신벽을 세웠다.

쩌정! 쩡!

여덟 장의 부적은 빙천과 불과 한 자의 사이를 두고 모조리 튕겨 나왔다. 단 한 개도 충격을 주지 못했지만 예상했던 일이다. 목승탁은 여덟 장 중 하나인 수의 술법으로 공격을 했다.

대지와 대기의 물기를 모은 부적은 일 장 길이의 화살 같은 물길을 쏘았다. 물론 그 공격은 빙천의 공격에 간단히 막혀 버렸다. 하지만 거기에 화의 술법이 더해지자 자욱한 수증기가 빙천의 시야를 막았다.

슬며시 철과 토, 풍의 술법이 접근했다. 풍은 회오리바람을 일으켰고 토의 술법은 거기에 바위도 뚫을 위력을 가진 흙을 끌어 올렸다. 철의 술법은 빙천의 뒤통수를 노렸다.

물론 그중 하나도 빙천에게 해를 입히지 못했지만 목승탁은 여덟 개의 부적으로 끊임없이 빙천을 공격했다. 빙천은 모든 공격을 완벽하게 막아냈으나 목승탁을 향한 공격은 엄두도 내지 못했다.

술법을 담은 정신을, 아직 조화를 이루지 못한 육체가 따라가지 못하는 것이다. 그렇다고 목승탁이 빙천을 제압할 수도 없었다. 조화를 이루지 못하고 있을 뿐 여전히 빙천은 목승탁보다 강했다.

목승탁은 빙천이 안 보는 사이 슬며시 부적을 꺼내 자신의 허상을 만들었다. 당분간 빙천은 이곳에 자신이 있다고 믿을 것이다. 은신의 술법을 발휘한 목승탁은 흑림을 빠져나갔다.

왜인지 모르지만 흑림의 나무들은 목승탁을 공격하지 않았다. 아무리 은신의 술법을 펼치고 있다 하더라도 성녀가 집중만 하고 있다면 능히 그를 발견할 수 있었다.

'무인검에게 온통 정신을 쏟고 있는 것일까?'

『어둠의 성자』4권에 계속…

절정고수들이 하늘 높은 줄 모르고 질주하는 현 세상.
서른여덟 개의 세력이 서로를 견제하는 혼돈의 시대.

그 일촉즉발의 무림 속에
첫 발을 디딘 어린 소년.

"너는 네가 점창의 별이 되기를 원한다."

사부와의 약속을 지키고
난세로 빠져드는 천하를 구하기 위해
작은 손이 검을 들었다!

박선우 新무협 판타지 소설 FANTASTIC ORIENTAL HE

풍운사일

천산루

조돈형 新무협 판타지 소설

FANTASTIC ORIENTAL HEROES

『궁귀검심』, 『장강삼협』의 작가 조돈형
그가 그려내는 새로운 이야기!

무림삼비(武林三秘)

천외천(天外天), 산외산(山外山), 루외루(樓外樓).

일외출(一外出), 군림천하(君臨天下)!
이외출(二外出), 난세천하(亂世天下)!
삼외출(三外出), 혈풍천하(血風天下)!

가문의 숙원을 위해, 가문을 지키기 위해
진유검, 무림의 새로운 질서를 세우다!

미더라 장편 소설

FUSION FANTASTIC STORY

A Bittersweet Life

삶의 의욕을 모두 잃은 주혁.
어느 날 녹이 슨 금속 상자를 얻는데……

"분명 어제도 3월 6일이었는데?"

동전을 넣고 당기면 나온 숫자만큼 하루가 반복된다!

포기했던 배우의 꿈을 향해 다시금 시작된 발돋움.
눈앞에 펼쳐진 새로운 미래.

과연 그는 목표를 이루고
인생을 바꿀 수 있을 것인가!

Book Publishing CHUNGEORAM

이모탈 퓨전 판타지 소설
FUSION FANTASTIC STORY

워리어

Warrior

최강의 병기 메카닉 솔져,
판타지 세계로 떨어지다!

서기 2051년.
세계 최초의 메카닉 솔져 이산은
새로운 세계에 발을 딛게 된다.

"나는… 변한 건가?"

차가운 기계에서 따뜻한 피가 흐르는 인간으로!
카이론의 이름으로 새롭게 시작하는
진정한 전사의 일대기!

글삶 장편 소설
FUSION FANTASTIC STORY

세상을 다 가져라

[세상을 다 가져라]

문피아 선호작 베스트 작품 전격 출간!
현대판타지, 그 상상력의 한계를 넘어서다!

권고사직을 당한 지 2년째의 백수 권혁준.

우연히 타게 된 괴상한 발명품으로 인해
과거로 회귀한다!

그런데
과거로 온 혁준의 손에 들려 있는 것은 바로
최신형 스마트폰!

"까짓 세상, 죄다 가져 버리겠다 이거야!"

백수였던 혁준의 짜릿한 인생 역전이 시작된다!

Book Publishing CHUNGEORAM

유행이 아닌 자유추구 ─
WWW. chungeoram.com